# Сыр Алиса Попэя кэ
# Чюдэнгири Пхув

# Сыр Алиса Попэя кэ Чюдэнгири Пхув

*Alice's Adventures in Wonderland*
*in North Russian Romani*

## Льюисо Кэрролло

Патриня
### Джоно Тенниело

Пирилыджия романэс
## Викторо Шаповало

evertype
2018

Издательство/*Published by* Evertype, 19A Corso Street, Dundee, DD2 1DR, Scotland. *www.evertype.com*.

*Сыр Алиса Попэя кэ Чюдэнгири Пхув (Sir Alisa Popeja ke Čudengiri Phuv)*. Кхарибэн произ-ведениёскиро дро оригинало/*Original title: Alice's Adventures in Wonderland*. Авторо/*Author: Льюисо Кэрролло*/Lewis Carroll. Пэрво изданиё: Лондоно, Макмиллано & Компания/*First edition London*: Macmillan & Company, 1865.

Редакторо-консультанто/*Advisory Editor Викторо Фето*/Victor Fet.

Изданиё пэрво/*First edition* 2018 г. Reprinted with corrections June 2019.

Каталогоскиро зачиныбэн адалэ книжкакиро сы дорэсно дрэ Британско библиотека.
*A catalogue record for this book is available from the British Library.*

ISBN-10 1-78201-219-2
ISBN-13 978-1-78201-219-1

Гарнитура De Vinne Text, Mona Lisa, ENGRAVERS' ROMAN, и *Liberty*. Наборо Майклостыр Эверсоностыр.
*Typeset in* De Vinne Text, Mona Lisa, ENGRAVERS' ROMAN, *and Liberty by* Michael Everson.

Патриня/*Illustrations*: John Tenniel/*Джоно Тенниело*, 1865.

Обложка/*Cover: Майкло Эверсоно*/Michael Everson.

# Англуно лав

Льюисо Кэрролло—адава сы псевдонимо, а лэскиро чячюно кхарибэн сыс Чарлзо Латвиджо Додсоно[1] (1832–1898), английско писателё, джиндло пирэ нонсэнс-литература, и сыклякирибнари пирэ математика дро колледжо «Крайст Чёрч» (Христоскири кхангэри) ко университето Оксфордо. Ёв сыс лачё друго Генрискэ Лидделлоскэ, адалэ колледжоскирэ ректороскэ, и лэскирэ барэ семьякэ. Кэрролло роспхэнэлас байки тыкнэ Алисакэ (сыс бияндлы дрэ 1852 бэрш) и дуе пхурэдырэ пхэненгэ Лоринакэ и Эдитакэ. Екх моло—дро 4-то июлякиро 1862-то б.—Кэрролло, лэскиро друго рашай Робинсоно Дакуорто и трин тыкнэ раноръя выкэдынэпэ прэ лодка тэ погулинэн прэ природа и скэрдэ пикнико про рэкакиро брэго. Одой Кэрролло и роспхэндя история, кай екх тыкны ранори, сави кхарды Алиса, пэя дрэ шошорэскири нора, и савэ дивы лакэ выпэяпэ тэ подыкхэл и со ласа кэрдяпэ дрэ одо чюдэнгири пхув. Алиса поманьгья Кэрроллос тэ зачинэл ваш лакэ лэскири байка, и пирдал времё саро сыс скэрдо. Палэ ёв

---

1 Льюисоскиро Кэрроллоскиро чячюны фамилия пирэ русско традиция пиридэяпэ намишто сыр «Доджсон». Дрэ английско чиб буква «g» адай на выпхэнэлпэ, паладава ко амэ прилэно начиныбэн «Додсон». Адякэ сыр кокоро Кэрролло выпхэнэлас пэскиро лав.

лачякирдя байка, и дро бэрш 1865 ёй выгэя дро свэто сыр книжка. Одолэ бэршэстыр бут ваврэ версии байкакирэ «*Сыр Алиса Попэя кэ Чюдэнгири Пхув*» сыкадэнэ прэ бут ваврэ чиба пиро саро свэто. Ту рикирэс дро васта адая байка, пирилыджины акана прэ романы чиб и выдэны пэрво моло.

Романы чиб сы родно чиб, прэ сави машкир пэстэ ракирна кажно дывэс пиро джиибэн сарэ *рома* (и *эл рром* и адякэ дурэдыр, сыр разна рома набут ваврэс пэс кхарна прэ пэскирэ кхэритка диалекты). Романы чиб токо дрэ Россия сы стходы бутэ ваврэ диалектэндыр, ко кажно баро родо сы пэскири чиб: русска рома (московска и ваврэ), сэрвы, кэлдэрарья (котлярья), ловарья, урсарья, ѓымпэны, крымска рома (бутыр на дживэн ко Крымо), плащуны и адыкэ дур.

Дро свэто дживэн 2 000 000–10 000 000 манушэн, савэ ракирна романэс, пирэ разна подгиныбэна. Рома сы найбарэдыр тыкныпэн [тыкны нация] дрэ Европа. Дрэ Россия дро бэрш 2010 сыс нагиндло 205 000 ромэн, нэ романы чиб сыр родно сыкадэ токо 128 000 манушэн. Адалэстыр сы дыкхно, палсо трэби тэ выдас романэ книжки и бутыр роспхэнас палэ адая шукар чиб. Ада чиб сы екх дрэ Россия, сави гиндёл индийско.

Амаро пирилыджяибэн сы скэрдо про диалекто Москвакирэ (руссконэ) ромэнгиро. Русска рома акана дживэн пирэ сари Российско пхув—самонэ западнонэ районэндыр жыкэ Восточно Сибирь и Дуруно Востоко.

Романы литература прэ адава диалекто нанэ дякэ пураны и буѓлы, сыр русско. Нэ 1920-тонэ бэршэндыр дро СССР сыр екх буты дрэ нэви национально и культурно политика сыс скэрдо литературно романы чиб. Романэ активисты схтодэпэ дрэ группа, сави лыджия бари педагогическо буты. Ёнэ чинэнас оригинальна произведении прэ романы чиб, пирилыджянас художественно и научно литература, выдэнас поэтэнгирэ альманахи. Машкир лэндэ трэби тэ зрипирас бутэн: Н. А. Панково (1895–1959), О. И. Панкова

(1911–1991), М. Т. Безлюдско (1901–1970), М. А. Ильинско (1882–1962), А. В. Германо (1893–1955) и бут ваврэ. Сыс откэрдэ романэ школы (мэк набут), чяворэ сыклёнас родно романы чиб, школакирэ книжки сыс стходэ сыр вашэ тыкнэ чяворэнгэ, адякэ жэ и вашэ набут сыклякирдэ выбаринэ манушэнгэ. Дро 1938 б. выгэя дро свэто романо-русско словарё и пэрво баро романо прэ романы чиб (Лекса Светлово), нэ екхатыр сари адая буты, сави поможынэлас тэ роскхувэл литературно романы чиб (адякэ жэ, сыр и ваврэнгирэ «тыкнэ» народэнгирэ чиба), сыс пиричингирды. Нэ дрэ бэрша 1925–1938 вашэ советсконэ ромэнгэ сыс выдэнэ книжки, газеты и журналы— зоралэс бутыр, сыр дрэ Болгария, Румыния и Сербия, лэнэ кхэтанэ, кай адякэ жэ сыс дыкхно дрэ одолэ бэрша романо культурно барьякирибэн.

Ададывэс нэви литература выджял прэ русско романы чиб. Адай сы пхэрдо пирилыджяибэн Библиякири (Пурано и Нэво Заветы), саво скончиндя Вальдэмаро Калинино; пирилыджяибэна свэтоскирэ литературатыр, савэ кэрдэ Лекса Мануш и ваврэ; байки, савэ выдэя Александро Клейно, и адякэ дурэдыр. Книжки, савэ выгэнэ дрэ СССР, ададывэс сы вытходэ дро Интернето.[2]

Сыс разна подписирибэна ко пирилыджяибэн екхэ чибатыр прэ вавир. Екх лыджял гиныбнарис кэ ваврэнгири культура. Дуйто лыджял ваврэнгири культура пашэдыр кэ гиныбнари, сыкавэл ла пирдал джиндлэ патриня роднонэ культуракирэ, кэрэл ла сыр бы «кхэритко», пэскири. Вашэ байка, сыр «Алиса», кай сы бут лавэнгирэ кхэлыбэна, нашты тэ латхас вавир фэдыр дром, сыр тэ зумавас тэ пиридас сарэ адалэ саныпэна романэс, сыр тэ припарувас лэн прэ подписирдэ «кхэритка», джиндлэ романэ чявэнгэ.

---

2   http://blogs.helsinki.fi/fennougrica/2016/04/07/zingarica ; адякэ http://web-corpora.net/RomaniCorpus/search/?interface_language=ru и ваврэ.

Прэ основа ваш ада буты сыс лэно классическо русско пирилыджяибэн, саво стходя Н. М. Демурова. Редакторо-консультанто Викторо Яковлевичё Фето зоралэс поможындя тэ родас и тэ латхас «кхэритка» версии. Одова сыс бари и длэнго буты. Мэк дрэ романы чиб сы шундлэ бут лава, прилэнэ э русконэ чибатыр, мэ зумававас, выкэдэи машкир русско и романо лав, тэ выкэдав о лав романо.

Сыр латхьяпэ книжкакиро накхарибэн? Романо лав *чюдо*, сыр и лэскиро английско эквиваленто *wonder*, значинэл адякэ жэ и 'удыкхибэн, диво', сыр и дэвлэскиро *чюдо* или английско *miracle* (саво сы лэно латинсконэ чибатыр, кай *mir-* значинэл 'удыкхибэн, диво'). Адалэ сарэстыр амэ решындям тэ джяс палэ русско традиция и явьям ко накхарибэн «*Сыр Алиса попэя кэ Чюдэнгири пхув*».

Вавир пхучибэн—сыр кхарнапэ байкакирэ герои. Лав Алиса сыс лэно русконэ версиятыр. Тринэ пхэненгирэ лава, савэ дживэнас дрэ ґанынг (сыр Сунэнгиро роспхэнэл дро шэро VII), сыс спарудэ ко Кэрролло сыр Elsie, Lacie и Tillie. Адава сыс сгарадэ Алисакирэ пхэня. Пэрво пхэн кхарэласпэ Лорина Шарлотта, кай пэрва буквы L.C.—'Эл Си', катыр лэяпэ и лав Elsie (Элси). Амэ лэям дуйто лав Шарлотта и скэрдям лэс кроткэдыр сыр Лотта. Дуйто пхэн сыс кокори Алиса (Alice), ёй сыс згарады тэло лав Lacie (Лэйси). Ко амэ адава сы адякэ жэ анаграмма (буквэнгиро пиритхоибэн) Лаиса. Тритонэ пхэнякиро лав сыс Эдит, но сарэ ла кхарнас ваврэс—сыр чястэс кэрна и романэ семьи—Матильда, кроткэдыр—Tillie (Тилли), ко амэ—Тильда. Адалэ пхэня дрэ ґанынг ко амэ ханас на сиропо (treacle), а простэс сарэнгэ джиндло хабэ—ягвин.

Червоно Крали и Кралица сыс скэрдэ «кхэритка» простэс, дрэ романы чиб адалэ кхарибэна сыс залэнэ южнонэ славянэндыр или чехэндыр, тэ и ромэн кокорэн кхардэ кой-кай, сыр и чехэн, богемцы. Катыр лэяпэ и о лав *богема*—артистэнгирэ джиибнаскиро стилё, саво нанэ припхадло ко быто.

Шошорэскирэ бутярья—Mary Ann (Мэри-Энн) и Pat (Пэт) пирипарудэпэ дрэ Раклори и Пэр. Перво лав сы чясто кхарибэн вашэ бутярны, сави дживэл дро хулангиро кхэр, а дуйто значинэл 'Живот' и выкэдэно пиро башаибэн. Пэт ко Кэрролло ракирэл э ирландсконэ акцэнтоса; ко амэ Пэр кхарэл Парнэс Шошорэс «*Тумари Патыв*», нэ выпхэнэл «*Пакив*», сыр бы прэ ловарицко чиб (екх романо диалекто дрэ Центрально Европа) или саво-то подобно.

Ко амэ сы дуй герои екхэ родостыр—*Мартоскиро Шошой* и *Парно Шошоро*. Адава пурано лав *шошой, шошоро* нанэ сарэнгэ шундло, нэ амэ решындям лэс тэ лас, на руссконэ *зайцос*.

Подкэрды (Фальшыво) Черепаха–сы трагическо характеро, лакири судьба тэ явэс основа вашэ подкэрды черепахакири зуми. Стадэнгиро кхардёл романэс пиро чясто модель, э лавэстыр *стады*. Лэскиро друго Сунэнгиро (дрэ русско пирилыджяибэн *Соня*) ядякэ жэ—э лавэстыр *суно*. Русско лав *сон* и романо *суно* сы пшала).

Ужэ книжкакирэ начялостыр Кэрролло налатхья дриван шукар и точно лавэнгиро кхэлыбэн: *cats / bats*. Ко амаро пирилыджяибэн лэям *мыцы / мышы*, кай додэям *пхакэнца* (савэ урнян), сыр и русско лав *летучие мыши*, или немецко *Fledermäuse*). Романэс Алиса мешындя дро суно тожэ токо екх буква: «*Мыцы лэн ухтылэн?*» ... «*Мышы лэн ухтылэн?*»

Бутджиндло Стадэнгироскиро пхучибэн «Why is a raven like a writing-desk?» («Состыр корако сыкадёл сыр скаминдоро вашо чиныбэн?») ко амэ пиридэно адякэ: «Состыр корако сыкадёл сыр скаминд?» Сыс выкэдэно лав *скаминд*, лэно ґара греческонэ чибатыр. Нэ пхарэс исы тэ латхас дрэ романы чиб екх термино вашэ скаминд, прэ саво токо чинэн книжки или со-то вавир.

*Пори* и *история* Мышоскири стходэ каламбуро, саво сы
пхаро ваш пирилыджяибэн. Амари версия сы дасави:
Алисакэ сыр бы пошундяпэ на «сыр *пхари, закхуды* сы мири
история», нэ «сыр *пори, закхуды* сы мири история». Дро
дуйто штэто адай сыс смешындлэ лава «I had *not!*» (мандэ
нанэ) и «a knot» (о вэнзло). Амэ решындям тэ подкэдас
дасави пара дрэ романы чиб: «Авэн, злэ!» и «О вэнзлы».
Адалэ дуй каламбуры выгэнэ адалэстыр, сыр Мыштостэ сыс
сыр бы русско акцэнто (аканье). Амари Алиса дужакирла,
со Мышо лэла тэ выракирэл *пори* и *пхари* сыр *пари*, а *о вэн-*
сыр *авэн*.

«Школакирэ каламбуры» (Глава IX)—годьварэс скхудэ
лавэнгирэ кхэлыбэна. Амаро редакторо отдэя бут времё,
собы тэ сыкавэл, саво важно штэто сы адава дрэ байка.
Подкэрды Черепаха и Грифоно роспхэнэлас палэ школьна
предметы, савэнгирэ накхарибэна сыс выдуминдлэ, нэ
лэнгирэ основа сыс чячюны. *Природэибэн* пхэнэлпэ
романэс, коли кон-то со-то родэл пэскэ, нэ кхэтанэ одолэса
адава башадёл дякэ, сыр *природа. Би-якхалогия*—адава
значинэл романэс, г̒алёв, 'би-якхэнгиро джиныбэн', нэ др
одо само чясо адава дыксёл, набут сыр лав *биология. Маче-*
*макх-чикэн*—значинэл романэс сыр бы *прэ* маче конэскэ
трэби тэ *макхэл чикэн*, нэ кхэтанэ одой шундёл и
*математика, Э-Кхэлогия*—Э, кхэл!, нэ и модно предмето
*экология, Жужо-гиныбэн*—никон на шундя, нэ саро
джинэн, со исы *Жужо-чиныбэн. Ростхулякирибэн*—нанэ
джиндло сыр школьно предмето, нэ дрэ морёскири школа
можынэл тэ явэл, сыр и *Санякирибэн. Мистория*—адава
сы *Мистика* и *История* кхэтанэ. *Морёграфия* (моренгиро
обчиныбэн)—пирэ аналогия э *географияса* (Пхувьякиро
обчиныбэн). Пхуро Крабо лыджия *Laughing* and *Grief* (кай
гарадэ латинско и греческо чиба)—'сабэн и тута', ко амэ
адава сы пиридэно сыр *Сабэн* и *Ясва*, сыр бутэ чявэ и чяя

дрэ романэ тэрныпэн проджяна актёрско обсыклякирибэн, адава явэла джиндло лэнгэ.

Набутка пхарэс джянас «маченгирэ» каламбуры. Романы лексика дрэ адая тематика сы, ґалёв, барвалы, нэ бутэ маченгирэ накхарибэна пирипарудён пирэ штэты, сыр залэнэ ваврэ чибэндыр. Амэнгэ пригэяпэ екх мачё (whiting—мерланг, *Merlangius merlangus*) тэ подпарувас прэ дуе мачендэ адалэ самонэ гилятыр вашэ Омароскири кадриль: *селёдка* и набут выдуминдлы *кхосатка*, сави гарадя русско лав *косатка*. Сыр Алиса порисия кэ хабнаскири тема, ёй пхэндя палэ мерлангостэ: «...дыкхьём лэн чястэс...» Адай амари Алиса дыкхья *селёдка* (романэс дякэ—*лондэны*) сыр бы про скаминд: пори дро муй—и сари тэлэ пурумакирэ ангрустя. Дуйто моло, кай сыкадэя whiting (значинэл адякэ жэ и 'парныпэн'), Грифоно роспхэндя, сыр ада парудя тыраха и тривики дрэ морёскиро паны, нэ на дякэ сыр калыпэн. Адай амэнгэ поможында *кхосатка*, сави буквальнэс значинэл романэс *кхосны*—'макхлы', мэк и калыпнаса.

Кото-Чешырцо дро оригинало пхучья, дрэ со пирипарудэя тыкномас—балычё (*pig*) или инжиро (*fig*). Ко амэ сы выкэдэибэн машкир лава *балычё* и *бар лачё*. Дуйто значинэл 'о чюдэнгиро бар—талисмано'. Вашо примеро, адава накхарибэн сы дрэ роспхэныбэн «Кармэн».[3] Проспэро Меримэ пирилэя ада лав э книжкатыр палэ испанско романы чиб, сави выдэя писателё-британцо Дж. Борро (1803–1881), романэс кхардо «Лавэнгро», ёв скэдэя романо фольклоро, и сыс пэрво, кон пирилыджия Пушкинос прэ английско чиб! Н.А. Панково, коли пирилыджия «Кармэн» прэ романы чиб, барэ интересоса роздыкхья адава накхарибэн: «„бар" испансконэ ромэндэ,

3  Мериме П. *Кармен.* Пирилыджия Н.А. Панково. Москва: Гослитиздато, 1935. 90 с. С. 33. *Николаё Панково (1895–1958)—бутджиндло ром, кон бут кэрдя вашэ советско ромэнгири культура, школа и литература.*

дыкхно, сы джювляканэ родоскиро и палдава лэндэ ракирна на бар лачё, а лачи».

Длэнго традиция дро «Алисакиро» пирилыджяибэн— пирипаруибэн Мышоскирэ «шукэ лекциякири». Вильгельмо Заухтылыбнари (дро шэро III), кон сыс одой дро оригинало, хасия. Удэяпэ тэ налатхас тексто пирэ романы история, кай сыс дрэ книжка палэ рома кэ Венгрия.[4]

«Э-хэ-хэм!» пхэндя Мышо э тхулэ райканэ глосяса. «Сарэ шунэн? Одова явэла само шуки штука про свэто, сави мэ джином,—лекцыя. Штылыпэн! Сарэн мангав! „Романо джиибэн дрэ пураны Европа сыс пхаро. Мария Тэрэзия, венгерско кралица, камья екхатыр тэ уничтожынэл романо фэлдытко джиибэн. Исыс вымэкло обязательно распоряжэниё, пир саво запхэндло сыс романэ чявэскэ тэ лэл палором романэ чя. Адава распоряжэниё ракирлас, собы романэ чявэндыр тэ откэдэн...“»

«У-ву-вуй!» пхэндя Попугаё дрэ издраны.

«Простинэ ман, мангав?» пхучья Мышо, мэк э холямэ видоса, нэ э гудлэ глосяса. «Со пхэндян?»

«Мэ—нат!» отпхэндя Попугаё сыгэс.

«Мангэ здэяпэ: ту со-то пхэндян?» пхучья Мышо. «Окей! Мэ джява дурэдыр. „...тэ откэдэн тыкнэ чяворэн и тэ отдэн лэн прэ воспитаниё ваврэ манушэнгэ. Кралица налатхья адава...“»

«Налатхья со?» пхучья Утка.

«Налатхья а-да-ва,» Мышо повториндя и додэя сыгэс. «Тумэ кокорэ полэна, со сы „адава“?»

«Мэ джином шукар, со сы „адава“, коли мэ кокори налатхава „адава“,» пиримардя ла Утка. «Нормаль-

---

4 Балог И., Геньдеш И. *Венгерска рома*. Пирилыджия М.Т. Безлюдско. Москва: Центриздат, 1931. 65 с. С. 11.

нэс адава сы э жамба или о кирмо. Мэ пхучяв, со
налатхья тумари кралица? Э жамба или о кирмо?»

Нэ Мышо на отпхэндя ничи прэ лакиро пхучибэн,
а сыгякирдя дурэдыр, «„… налатхья дасаво дром, соб
тэ хаськирэл романы чиб и дажэ кхарибэн *ром*
*кхэтанэ*, ёй на домэкэлас ромэнгэ тэ ракирэн романэ
чибаса и затховэлас лэн, соб ёнэ сыс сыкадэнэ дрэ
лыла, сыр *нэвэ мадьяры* или *нэвэ гавитка*; сарэ ёнэ
сыс припхандлэ ко гава…" Сыр ту шутёс, мири
лачинько?» пхучья Мышо Алисатыр.

Пиро примеро бутэ пирилыджяибнарьенгиро, мангэ удэя-
пэ тэ пиридав «кхэриткэс» савэ-то Кэрроллоскирэ стихи.

Гилы крокодилоскири (*"How doth the little crocodile"*) сы
пэрво пародия дрэ адава рэндо.

> Мэ сом гожо крокодило,
> > мэ сом мурш тэрно,
> Сом хулай прэ саро Нило,
> > рай совнакуно.
> Саро свэто мэ облава
> > дро тато сабэн,
> Ко хабэн мэ закхарава
> > тыкнэ мачёрэн.

Дрэ основа пародиякэ сыс пашло э гилы, кай сы лава «Мэ
сом гожо мурш баро» (сави багандя П. Деметр), дякэ пал
пэстэ чястэс пхэндя тэрно ром.

Гилы, савьяса Бари Раны укачиндя пэскирэс тыкнэмасэс,
ко амэ сы стходэ прэ бутджиндлы основа: адава сы гилы
И.В. Хрусталёвоскиро (Тимофеевоскиро),[5] кай сы и строки,
савэ пирипсирдэ др амаро тексто:—

5  Иван Тимофеев (Вано Хрусталё). *Гиля*. Москва: Гослитиздато, 1936. –
70 с. С. 20.

*Сов, миро тыкно чяво,—*
*Сов и закэр якхорья...*

Гилы пало драматическо хабэн дуе пхэненгиро *Совакиро* и *Пантэракиро* скэрдо прэ основа гилякири «Баро форо Кишинёво»: *Задыкхъём мэ дрэ да садо, дрэ да садо-винаградо.*

Попхэныбэна Барэ Ранятыр яндлэ мораль, аналоги ваш лэнгэ сыс налатхнэ дрэ бари книжка, сави стходя романо писателё Н. А. Василевско.[6] Дро оригинало пэрво попхэныбэн сы традиционно, сыкавэл, сыр кирки и фламинго дандырна сарэ-дуй: *Birds of a feather flock together* (Чириклэ екхэ-порэнгирэ рикирнапэ кхэтанэ). Амаро пирилыджяибэн «Дрэ екх пор и чириклы на бияндёлапэ» [183] джял англэдыр и значинэл ада само, со и Алисакиро отпхэныбэн: «Нэ кирки нанэ чириклы.»

Дуйто попхэныбэн дро оригинало смешында дуй лава *mine* (миро и шахта): *The more there is of mine, the less there is of yours* (Коли бутыр сы миро, тыкнэдыр сы тыро). Амаро эквиваленто сыс лэно э книжкатыр 1908 бэршэстыр, сави стходя В. Н. Добровольско (*О балавас кэ саро джяла*), и набут парудо: *Шах-то нанэ балавас, кэ саро на джяла.* Адай сы смешындлэ лава *шахта* и *шах-то.*

Кэ концо Бари Раны пхэндя: *as pigs have to fly* (коли балыче поурняна, значинэл 'николи'). Амаро пирилыджяибэн адякэ жэ сыкавэл со-то, со нашты тэ скэрэн: *бэшындуй на кхэлэна танцо.*[7]

Буты пиро пирилыджяибэн сыс дриван интересно и пхаро: ваш мангэ сыс важно тэ латхав дасавэ куч мирикля дрэ романэ пирилыджяибэна и ваврэ книжки 1920—30 бэршэнгирэ, савэ можынэна тэ подрикирэн неформальнэс

6  Василевский Н.А. *Цыганско-русский словарь, русска рома—севернорусский диалект. Романы чиб.* - Калининград: Страж Балтики, 2013.

7  Василевский, с. 161.

амаро спханлыпэн одолэ традицияса, сави, прэ бибахт, сыс пиририскирды искусственнэс и холямэс. Придаса дуй примеры. Школьно терминология прэ романы чиб роскхувэласпэ др одо времё активнэс. Алиса чиладя дуй термины географиятыр *долгота* и *широта* (*длэнгима* и *буглыпэн*), амэ лэн лэям э лылварьятыр ваш штарто классо (1933, пирилыджия руссконэ чибатыр поэтесса Ольга Панкова), ядякэ сыр и таблица *умножения* (*убарьяки-рибэн*), лэям э лылварьятыр пирэ математика ваш трито классо (1934, пирилыджия руссконэ чибатыр романо поэто Лекса Светлово).

Кэ концо екх примеро, сыр романэс мишто удэяпэ тэ пиридас лавэнгиро кхэлыбэн. Коли (дро шэро IV) Алиса удыкхья, сыр барорэ пирипарудэнэ дрэ марорэ-утыкнякирибнарья, дрэ романы чиб скэрдяпэ каламбуро *бароро-мароро*—сарэса сыр Кэрроллоскиро.

Паликэрав Дэвлэскэ пал адава шансо тэ пирипатяв пэскири зор и тэ бутякирав дро дасаво куч проекто, саво сы тэ выдас адая байка прэ разна свётоскирэ чиба, и саво лыджял редакторо-консультанто В. Я. Фето. Адая буты ваш мангэ ятя нэви школа пирилыджяибнаскиро, кай трэби тэ пиридэс бут саны шэна дрэ зоралэс годьварэс стходо тексто, лавэнгирэ кхэлыбэна и адякэ дурэдыр. Паликэрав выдэибнарискэ Майклоскэ Эверсоноскэ (выдэибнытко кхэр Evertype), проектоскирэ Alice150 координатороскэ Джоноскэ Линдсетоскэ, и сарэнгэ одолэнгэ коллегэнгэ-пирилыджяибнарьенгэ, конэскирэ примеры поможындлэ мангэ тэ решынав тыкнэ и барэ проблемы.

Викторо Шаповало
Всеволожск, Россия
август 2018

xv

# Предисловие

Льюис Кэрролл—псевдоним Чарлза Латвиджа Додсона[1] (1832–1898), знаменитого в жанре нонсенса английского писателя и преподавателя математики колледжа Крайст Чёрч в Оксфордском университете. Он был близким другом Генри Лидделла, ректора этого колледжа, и его большой семьи. Он рассказывал сказки юной Алисе (которая родилась в 1852) и двум её старшим сестрам Лорине и Эдит. Однажды—4 июля 1862 года—Кэрролл, его друг, преподобный Робинсон Дакуорт, и трое маленьких девочек отправились на лодке на прогулку на природе и устроили пикник на берегу реки. Там Кэрролл и рассказал историю, где маленькая девочка, которую звали Алиса, упала в кроличью норку и о том, что с ней произошло в чудесной стране. Алиса попросила Кэрролла записать для неё эту сказку, и через некоторое время всё было готово. Позже он переработал сказку, и в 1865 г. она была опубликована как книга. С тех пор всевозможные версии *Приключений Алисы в Стране Чудес* появились на

---

1  Настоящая фамилия Льюиса Кэрролла по русской традиции передаётся неверно как «Доджсон». В английском языке буква «g» здесь не произносится, поэтому у нас принято написание «Додсон». Так сам Кэрролл произносил свою фамилию.

различных языках по всему миру. Вы держите в руках перевод на ромский (цыганский) язык, издаваемый впервые.

Ромский язык является родным языком и языком повседневного общения народности *рома* (*эл ррома* и т.д., по-разному называющей себя на разных семейных/родовых диалектах). Ромский язык даже в России представлен множеством диалектов: русскоцыганский (севернорусский), сэрвицкий, кэлдэрарский (в России также называемый котлярским), ловарский, урсарский, гимпенский, крымско-цыганский (известный более вне Крыма), плащунский и мн. др.

В мире живет по разным оценкам, от 2 до 10 миллионов носителей ромского языка. Ромы—самое большое этническое меньшинство в Европе. В России перепись 2010 г. показала наличие 205 000 ромов, но ромский язык в качестве родного указали только 128 000 человек. Из этого факта видно, как важно издавать книги на ромском языке и шире распространять знания об этом прекрасном языке. Это единственный в России язык, который принадлежит к группе индийских (индоарийских) языков.

Наш перевод осуществлен на диалект московских (русских) ромов. Русские ромы проживают на всей территории России—от самых западных районов до Восточной Сибири и Дальнего Востока.

Ромская литература на данном диалекте не такая давняя и обширная, как русская. Но с 1920-х гг. в СССР в рамках новой национальной и культурной политики, был создан литературный ромский язык. Группа ромских активистов вела педагогическую работу. Они создавали оригинальные произведения на ромском языке, переводили художественную и научную литературу, выпускали поэтические сборники. Среди этих авторов следует назвать Н. А. Панкова (1895–1959), О. И. Панкову (1911–1991), М. Т.

Безлюдского (1901–1970), М. А. Ильинского (1882–1962), А. В. Германа (1893–1955) и др. Было открыто несколько ромских школ, велось преподавание ромского языка, книги для школы как детям, так и малограмотным взрослым. После 1938 г., в котором в свет вышел цыганско-русский словарь, а также и первый роман на ромском языке (Лексы Светлова), вся работа по развитию литературного ромского языка (как и многих других «малых» языков) была свернута. Но за период 1925–1938 гг. советские ромы получили заметно больше изданий, даже чем сербские, болгарские и румынские, вместе взятые; хотя и в этих странах в те годы тоже наблюдался культурный подъем.

Однако и сегодня на ромском языке издаётся новая литература: на севернорусско-цыганском имеется полный перевод Библии, завершённый Вальдемаром Калининым; переводы из мировой литературы, создававшиеся Лексой Манушем и другими переводчиками; сказки, опубликованные Александром Клейном и другими авторами. Книги, изданные на ромском языке в СССР, были размещены в Интернете.[1]

Существуют разные подходы к переводу с одного языка на другой. Одни переводчики подводят читателя к чужой культуре. Другие, напротив, приближают чужую культуру к читателю, показывают ее через знакомые образы, делает ее более «домашней», своей. Для такой сказки, как «Алиса», в которой много словесной игры, нельзя найти лучше пути, чтобы постараться передать все эти тонкости по-ромски, только заменить их на соответствующие «домашние».

За основу для работы был принят классический русский перевод Н. М. Демуровой. Впоследствии по совету редактора-консультанта Виктора Яковлевича Фета, были рассмотрены и другие русские переводы, откуда был взят

---

1  http://blogs.helsinki.fi/fennougrica/2016/04/07/zingarica; см. также http://web-corpora.net/RomaniCorpus/search/?interface_language=ru, и т.д.

решений; наконец, данный перевод был перепроверен на основе английского оригинала. Редактор оказывал большую помощь в нахождении и отборе «одомашненных» версий. Это была большая и долгая работа. Несмотря на то, что в ромском языке много заимствований из русского, я старался, выбирая между русским и ромским словом, предпочесть ромское.

Как подыскивалось название книги? У Кэрролла волшебная страна названа *Wonderland* (буквально, 'страна удивления'), но ведь наше *чюдо* ('чудо') не столь далеко отстоит от 'дива'; чудо—это не то же самое, что английское *miracle* (где также сокрыто *'удивление'*, поскольку это слово пришло из латинского языка, где *mir-* значит 'диво'). Мы решили следовать русской традиции и пришли к названию *Сыр Алиса Попэя кэ Чюдэнгири Пхув* ('Как Алиса попала в Страну Чудес').

Второй вопрос—имена сказочных героев. Имя Алиса было взято из русской версии. Имена трех сестёр Лидделл, спрятанные в Главе VII, были изменены Кэрроллом—Elsie, Lacie и Tillie. Первую сестру звали Лорина Шарлотта, инициалы L. C. 'Эл Си', откуда и взялось имя Elsie (Элси). Мы взяли второе имя Шарлотта и сократили его до *Лотти*. Вторая сестра была сама Alice (Алиса), скрытая под анаграммой Lacie (Лэйси). У нас это тоже анаграмма (перестановка букв), *Лаиса*. Имя третьей сестры было Эдит, но дома её звали иначе (как часто бывает и в ромских семьях)—Матильда, кратко—Tillie (Тилли), у нас— *Тильда*. В оригинале Кэрролла эти бедные маленькие барышни питаются только одной патокой (treacle). Мы взяли более знакомое лакомство—мёд *(ягвин)*.

Короля (*Крали*) и Королеву (*Кралица*) «одомашнить» было просто; в ромский язык эти названия взяты у южных славян или чехов (да и самих ромов звали кое-где, как и чехов, богемцами—откуда и слово 'богема'—артистический образ жизни, свобода в быту). Эта пара, как и многие другие герои, взята из карточной колоды, потому они *Червона* ('Червонные').

Слуги Кролика, Мэри-Энн и Пэт, превратились в *Раклори* и *Пэр*. Первое имя обычно для живущей в доме работницы, а второе значит «Живот» и выбрано по созвучию. Пэт у Кэрролла говорит с ирландским акцентом; у нас Пэр называет Белого Кролика *«Тумари Патыв»* (Ваша Честь), но произносит *«Пакив»*, как бы по-ловарски (диалект центральноевропейских ромов) или на близком диалекте.

У нас есть два персонажа родственной породы—*Марто-скиро Шошой* (Мартовский Заяц) и *Парно Шошоро* (Белый Кролик). Старое ромское слово *шошой, шошоро* не всем известно, однако мы решили выбрать его, а не *зайцо* (заимствование русского 'заяц').

*Подкэрды* (Поддельная) *Черепаха*—характер трагический, её судьба служить основой для поддельного черепахового супа. Шапочник назван по-ромски по обычной для профессий модели *Стадэнгиро*, от *стады* ('шапка'). Его приятель *Сунэнгиро* (в русском переводе Соня) так же—от слова *суно* ('сон', родственные слова в ромском и русском языках).

Уже в начале книги Кэрролл применяет точную и красивую игру слов: *cats / bats*. В нашем переводе *мыцы / мышы* (с добавлением *пхакэнцы*—'крылатые, летучие'). Оба слова в ромском также отличаются одним согласным: *«Мыцы лэн ухтылэн?»* («Ловят ли их кошки?»)... *«Мышы лэн ухтылэн?»* («Ловят ли их мышки?»)

Знаменитая загадка Шапочника «Why is a raven like a writing-desk?» («Чем ворон похож на письменный стол?») у нас передан так: *«Состыр корако сыкадёл сыр скаминд?»* Для «стола» выбрано слово *скаминд*, грецизм, ср. русск. *скамья*. Но искать в ромском особый термин для письменного стола было бы странно.

*Tail* ('хвост') и *tale* ('история') Мыша (у нас, как и в английском оригинале, это животное мужского рода!) представляют каламбур, трудный для перевода. На ромском материале пришлось расширить базу для словесной игры: Алисе послышалось не *пхари, закхуды* ('как *тяжела*, запутана моя история'), но *пори закхуды* ('как *хвост*, запутана моя история'). В оригинале смешаны «I had *not!*» ('я не …') и «a knot» ('узел'). Мы решили подобрать нечто сходное в ромском: «*Авэн, злэ!*» ('давай снимай') и «*О вэнзлы*» ('узлы'). Эти каламбуры происходят от того, что Мыш говорит с русским акцентом (аканье). Наша Алиса ждёт от Мыша, что он будет произносить *пори* ('хвост') и *пхари* ('тяжёлая') как *пари*, а *о вэн-* как *авэн* ('давай, пошли').

«Школьные» каламбуры (Глава IX)—сложная словесная игра. Наш редактор не жалел времени на то, чтобы пояснить, какое это важное место в сказке. Поддельная Черепаха и Грифон рассказывали о школьных предметах, которых не существует, но названия их основаны на реальных дисциплинах. *Природэибэн* говорится по-ромски, когда кто-то что-то себе подыскивает, но одновременно это звучит близко к слову 'природа'. *Би-якхалогия*—это значит по-ромски, пожалуй, 'Безглазоведение', но вместе с тем на слух походит на слово «Биология». *Маче-макх-чикэн*—переводится как 'Рыб-мажь-жиром', но слышится и как 'математика'; *Э-Кхэлогия* (от *Э, кхэл!* 'Эх, танцуй!'—наука), но и современный предмет 'экология'. *Жужо-гиныбэн*—загадочное 'Чисто-читание' по типу Чистописания. *Ростхулякирибэн* ('Растолстение, Раскармливание')—не очень известный школьный предмет, но он в морской школе может быть, как и *Санякирибэн* ('Похудение, Утончение'). *Мистория*—это Мистика и История; *Морёграфия* ('описание морей')—по аналогии с *географией*. Ряд чисто морских предметов: *Протырдэбэн* ('Потягушки'), *Ростырдэбэн* ('Растягушки') и *Окрэнцын-*

*дло Свэто* ('Окружающий мир/свет'). Краб вёл *Laughing and Grief* ('Смех и Печаль', игра слов на Latin and Greek ('латынь и греческий'), у нас это передано как *Сабэн и Ясва* ('Смех и Слёзы'); многие юноши и девушки из ромской молодежи проходят ныне актёрское обучение, это будет понятно им.

Не очень простыми оказались «рыбные» каламбуры. Ромская лексика в этой области довольно богата, но большинство названий рыб заимствованы из местных языков. Одну из рыб Кэрролла (whiting—мерланг, *Merlangius merlangus*) нам пришлось заменить двумя морскими персонажами из той же песни Поддельной Черепахи: *селёдка* и немного выдуманная *кхосатка* (от русского 'косатка'). Когда Алиса обращается к теме еды, она говорил про мерланга: «...видела их часто...» Здесь наша Алиса увидела *селёдку* (по-ромски также—*лондэны* 'солёная') как бы на столе: хвост во рту—и вся под луковыми кольцами. Второй раз, когда появляется рыба *мерланг*-whiting (слово значит также и 'белизна, белила'), Грифон рассказывает, как она натирает сапоги и туфли в морской воде белым цветом, в отличие от ваксы. Здесь нам помогла *кхосатка*, которая буквально может пониматься по-ромски как *кхосны*—'намазанная, натёртая', пусть и чёрной ваксой.

Чеширский Кот в оригинале спрашивает, во что превратился ребёнок—в поросёнка (*pig*) или в инжир (*fig*). У нас представлен схожий фонетический выбор между словами *балычё* и *бар лачё*. Последнее означает 'волшебный камень, талисман'. Это выражение есть, например, в повести «Кармен»(1845).[2] Проспер Мериме позаимствовал его у англичанина Джорджа Борро (1803–1881), лингвист (по-ромски «Лавэнгро»—словесник) собиратель и исследователь ромского фольклора, а также первый переводчик

---

2  Мериме П. *Кармен.* Пирилыджия Н.А. Панково ['Перевёл (на цыг.) Н.А. Панков']. Москва: Гослитиздато, 1935. 90 с. С. 33. *Н.А. Панков (1895–1958)—известный просветитель советских ромов.*

Пушкина на английский! Н. А. Панков, переводчик «Кармен» на ромский, заинтересовался этим названием: «„камень" у испанских ромов, видимо, женского рода и потому у них говорят не *бар лачё*, а *лачи*».

Давняя традиция в переводе «Алисы»—замена текста «сухой лекции» Мыши. Вильгельм Завоеватель, который фигурировал там в оригинале, исчез. Нам удалось подобрать текст из ромской истории, найденный в книге о венгерских ромах:[3]

«Э-хэ-хэм!» сказал Мыш низким барственным голосом. «Все слушают? Это будет самая сухая штука на свете, какую я знаю,—урок. Тишина! Всех прошу! „Жизнь ромов в старой Европе была тяжёлой. Мария Терезия, венгерская королева, хотела в одночасье уничтожить ромское кочевое житье. Было выпущено обязательное распоряжение, по которому запрещено было ромским юношам брать замуж ромских девушек. В этом распоряжении указывалось, чтобы у ромских родителей отбирали…"»

«У-ву-вуй!» сказал Попугай, задрожав как в лихорадке.

«Прости меня?» спросил Мыш, пусть и со злым видом, но сладким голосом. «Ты что-то сказал?»

«Я—нет!» ответил Попугай быстро.

«Мне кажется, ты что-то сказал?» спросил Мыш. «Ладно! Идём дальше. „…отбирали детей и отдавали их на воспитание чужим людям. Королева нашла это…"»

«Нашла *что*?» спросила Утка.

«Нашла *э-т-о,*» повторил Мыш и добавил быстро. «Вы понимаете, что значит „это"?»

---

3  Балог И., Геньдеш И. *Венгерска рома.* Пирилыджия М.Т. Безлюдско ['*Венгерские цыгане.* Перевёл (на цыг.) М.Т. Безлюдский']. Москва: Центриздат, 1931. 65 с. С. 11.

«Я знаю прекрасно, что значит „это“, когда я сама найду „это“,» перебила его Утка. «Обычно это жаба или червяк. Я спрашиваю, что нашла ваша королева? Жабу или червяка?»

Но Мыш не ответил ничего на ее вопрос, а заторопился дальше,

«„…нашла это средство [букв. „путь“], чтобы извести заодно и ромский язык, и даже само наименование *ромов,* она не позволяла ромам говорить на ромском языке и принуждала их, чтобы они были показаны в документах как *новые мадьяры* или *новые поселяне*; все они были приписаны к селениям…“ Как ты, сохнешь, моя дорогая?» спросил Мыш у Алисы.

Следуя многим переводчикам, мне удалось «одомашнить» и некоторые стихотворения Кэрролла. В традиции ромской культуры лучше представлять их как песни.

Первая из этих пародий—песня крокодила:

> *Мэ сом гожо крокодило,*
> *мэ сом мурш тэрно,*
> *Сом хулай прэ саро Нило,*
> *рай совнакуно.*
> *Саро свэто мэ облава*
> *дро тато сабэн,*
> *Ко хабэн мэ закхарава*
> *тыкнэ мачёрэн.*

> «Я красивый крокодил,
> я молодой мужчина,
> Я хозяин надо всем Нилом,
> господин золотой.

Весь свет я обнимаю
в тёплой улыбке,
На обед я зазываю
маленьких рыбок.»

В основе пародии лежит песня со словами *«Мэ сом гожо мурш баро»* («Я красивый видный парень», в исполнении П. Деметра); так часто говорит о себе молодой ром.

Колыбельная Большой Барыни (Бари-Раны; так названа по-ромски Герцогиня, Duchess), под которую она укачивала младенца, у нас создана на известной основе: это песня И. В. Хрусталёва (Тимофеева),[4] где есть строки, перешедшие в наш текст:

*Сов, миро тыкно чяво,—
Сов и закэр якхорья...*

'Спи, мой маленький сын,—
Спи и закрой глазки...'

Песня о драматическом обеде двух сестёр Совы и Пантеры сделана на основе песни *«Баро форо Кишинёво»* («Большой город Кишинёв»): *«Задыкхъём мэ дрэ да садо, дрэ да садо-винаградо»* («Заглянул я в этот сад, в этот сад-виноград»).

Пословицы Большой Барыни в оригинале весьма интересны. Аналоги для них были взяты из издания Н. А. Василевского.[5] В оригинале первая пословица звучит традиционно, она указывает на то, что горчица и птица обе кусаются: Birds of a feather flock together («Птицы одного пера держатся вместе»). Наш перевод *«Дрэ екх пор и чириклы на бияндёлапэ»* («В одно перо и птица не родится»)

---

4   Иван Тимофеев (Вано Хрусталё). *Гиля* [Стихи. На цыганском языке]. Москва: Гослитиздато, 1936. - 70 с. С. 20.

5   Василевский Н. А. *Цыганско-русский словарь, русска рома— северно-русский диалект. Романы чиб.* - Калининград: Страж Балтики, 2013.

предвосхищает возражение Алисы, что горчица не птица: «*Нэ кирки нанэ чириклы*»

Вторая поговорка в оригинале смешивает два значения слова *mine* ('моё' и 'шахта'): «The more there is of mine, the less there is of yours» ('Чем больше моего, тем меньше твоего'). Наш эквивалент был взят из книги 1908 г., составленной В. Н. Добровольским («*О балавас кэ саро джяла*»—«Сало ко всему идёт»), и немного адаптированной: «*Шах-то нанэ балавас, кэ саро на джяла* («Капуста-то не сало, ко всему не пойдёт»). Здесь смешаны слова *шахта* и *шах-то* (капуста-то).

Под конец Большая Барыня сказала «*as much right as pigs have to fly*» ('когда свиньи полетят'). Наш перевод также изображает нечто невозможное: «*бэшындуй на кхэлэна танцо*»[6] ('сидя не пляшут'); здесь звучит ромская специфика.

Работа по переводу была очень интересной и трудной: для меня было важно найти такие драгоценные решения в ромских переводах и других изданиях 1920—30 гг., которые бы неформально поддержали связь с традицией в ромской литературе—к несчастью, прерванной в тогдашней России искусственно и жестоко. Приведём два примера. Школьная терминология на ромском языке создавалась в то время активно. Алиса упоминает географические термины «долгота и широта» (*длэнгима* и *буглыпэн*), они взяты нами из школьного учебника для четвёртого класса (1933, перевод с русского поэтессы Ольги Панковой). Таблица умножения (*убарьякирибэн*) заимствована из учебника математики (1934, перевод с русского писателя Алексея [Лексы] Светлова).

И, наконец, ещё один пример, который показывает, как успешно по-ромски удаётся передавать игру слов. В Главе IV Алиса видит, что камешки превратились в волшебные

---

6 Василевский, с. 161

хлебцы-уменьшители. По-ромски получился отличный каламбур *барорэ-марорэ* ('камешки-хлебцы')!

Благодарю судьбу за этот шанс проверить свои силы, участвуя в замечательном проекте по изданию сказки на разных языках мира, и под руководством редактора-консультанта В. Я. Фета. Эта работа для меня стала новой переводческой школой, где требовалось передать многочисленные тонкости очень сложно построенного текста, игру слов и прочее. Спасибо издателю Майклу Эверсону (издательство Evertype), координатору проекта Alice150 Джону Линдсету, и всем тем коллегам-переводчикам, чьи примеры помогали мне найти решения малых и больших проблем.

Виктор Шаповал
Всеволожск, Россия
август 2018

# Foreword

*L*ewis Carroll is the pen-name of Charles Lutwidge Dodgson[7] (1832–1898), a writer of nonsense literature and a mathematician in Christ Church at the University of Oxford in England. He was a close friend of the Liddell family: Henry Liddell had many children and he was the Dean of the College. Carroll used to tell stories to the young Alice (born in 1852) and her two elder sisters, Lorina and Edith. One day—on 4 July 1862—Carroll went with his friend, the Reverend Robinson Duckworth, and the three girls on a boat paddling trip for an afternoon picnic on the banks of a river. On this trip on the river, Carroll told a story about a girl named Alice and her amazing adventures down a rabbit hole. Alice asked him to write the story for her, and in time, the draft manuscript was completed. After rewriting the story, the book was published in 1865, and since that time, various versions of *Alice's Adventures in Wonderland* were released in many various languages. You are holding the first translation into the Romani (Gypsy) language.

---

7  Lewis Carroll's real surname in Russian sources is traditionally but incorrectly transliterated as Доджсон (Dodzhson). In English, "g" is silent, therefore in the Evertype editions we use transliteration Додсон (Dodson); this is how Dodgson himself pronounced it.

The Romani language is a native, spoken language of the *Roma* (Gypsy) people (*el Rrom*, etc., the autonym varying across family/clan dialects.) Within Russia alone, the Romani language has numerous dialects: Russian Gypsy (North Russian), Servici, Kelderari (also called Kotlyari in Russia), Lovari, Ursari, Gimpeni, Crimea Gypsy (mostly spoken outside of the Crimea), Plaščuni, etc.

There are estimated two to ten million Roma people in the world who speak Romani; the Roma are considered to be the largest ethnic minority in Europe. Within Russia, the census of 2010 listed 205,000 Roma, of whom, however, only 128,000 named the Romani as their native language. This shows how important it is to publish the books in Romani and further promote this wonderful language. Romani is the only language of Russia that belongs to the Indian (Indo-Iranian) group.

Our translation is done to the North Russian Romani (*Ruska Roma*), the dialect of the Moscow (Russian) Roma. The Russian Roma live within the entire territory of Russia, from the westernmost provinces to the East Siberia and the Pacific Coast.

The Romani literature is not as old or diverse as the Russian one. However, within the USSR since the 1920s, under the new cultural policy, a literary Romani language has been established. A group of the Roma activists was involved in educational acticities—they wrote original works in the Romani, translated fiction and research literature, published collections of poetry. Among these authors were N. A. Pankov (1895–1959), O. I. Pankova (1911–1991), M. T. Bezlyudskij (1901–1970), M. A. Ilyinskij (1882–1962), A. V. German (1893–1955) and others. Several Roma schools were created, the Romani language and literature was taught to both children and illiterate adults. All this work on the development of the literary Romani (as well as many other minority languages) was folded after 1938—the year of the publication of the Romani-Russian dictionary and the first novel in the Romani language (by Leksa Svetlov). However, from 1925 to 1938 the Soviet Roma enjoyed much more publications that the Serbian, Bulgarian, and Romanian Roma taken together, even though a cultural progress in those countries also took place.

Today, new literature is being published in the Romani language. A full version of the Bible (both the Old and New Testaments) in North Russian Romani, has been completed by Valdemar Kalinin. There are translations of the world literature by Leksa Manush and others; fairytales by Aleksandr Klejn and other authors. A number of books published in Romani in the USSR can be found in the Internet.[1]

The translation approached vary. Some translators lead their reader to the foreign culture; others, on the contrary, make the foreign culture more familiar to the reader, and show ot through the familiar images. "domesticate" it. For such a fairytale as *Wonderland*, with its intense wordplay, the best way to render it in the Romani was to try to "domesticate" it replacing some details by those familiar to a Roma reader.

This translation was based on the classical Russian translation by Nina Mikhailovna Demurova. The consultations with Victor Fet, the advisory editor for Evertype, helped to find the versions of "domestication"; this was a long and hard work. Although there are many words in the Romani that were borrowed from Russian, when I had a choice I tried to use a Romani word over a Russian one.

How was the title for the book translated? The Romani word *чюдо* (*čudo* 'a wonder'), as its English equivalent, has the same double meaning of 'miracle' and 'surprise' (and the Latin root *mir-* also means a wonder, a marvel). We followed

---

1  http://blogs.helsinki.fi/fennougrica/2016/04/07/zingarica; see also http://web-corpora.net/RomaniCorpus/search/?interface_language=ru, etc.

the Russian tradition (*Страна Чудес, Strana Chudes*, 'The Land of Wonders') and called the book *Sir Alisa Popeja ke Čudengiri Phuv* ('How Alice Found Herself in the Land of Wonders').

The next step was to choose the characters' names. The name *Алиса* (*Alisa*) followed the Russian version. The names for the three treacle-well girls from the Dormouse's story in Chapter VII (Elsie, Lacie, and Tillie) are the coded names of three Liddell sisters. Elsie, or "L. C.", are the initials of Lorina Charlotte, the first sister. We chose her second name and reduced it to *Лотта* (*Lotta*). The name of the second sister, Lacie, is an anagram of Alice herself, so we also used an anagram, *Лаиса* (*Laisa*). Tillie stands for Matilda, a nickname of the third sister, Edith (the Roma families also often use domestic nicknames); we called her *Тильда* (*Til'da*). These 'treacle-well girls' in our translation live on a more familiar sweet *ягвин* (*jagvin* 'honey').

The King (*Крали, Krali*) and the Queen (*Кралица, Kralica*) of Hearts (*Червона, Červona*) were easily "domesticated". The Roma people have appropriated these words from the Southern Slavs or the Czechs—from whom also another name for the Roma, the Bohemians, comes; hence the word *boheme*, a carefree, artistic way of life.

The names of two White Rabbit's servants were "domesticated". Mary Ann became *Раклори* (*Raklori*), a common name for a domestic female servant; and Pat became a phonetically close *Пер* (*Per* 'a big belly'). In Carroll's book, Pat speaks with an Irish accent; our Per addresses the White Rabbit as *Тумари Патыв* (*Tumari Pativ* 'Your Honour') but pronounces it *Пакив* (*Pakiv*), which sounds like the closely-related dialect Lovari (Central European Romani).

There are two characters of the related species: *Мартоскиро Шошой* (*Martoskiro Šošoj* 'March Hare') and *Парно Шошоро* (*Parno Šošoro* 'White Rabbit'). Not everyone would know an old Romani word *шошой, шошоро* (*šošoj, šošoro*), but we decided to choose it instead of *зайцо* (*zajco* 'hare'), which is the borrowed Russian word *заяц* (*zayac* 'hare').

*Подкэрды Черепаха* (*Podkerdi Čerepaha* 'Mock Turtle') is a tragic character whose destiny is to be made into a mock turtle soup. The Hatter in the Romani is named after his profession, *Стадэнгиро* (*Stadengiro*), from *стады* (*stadi* 'hat'). The Dormouse is named according to the same model, *Сунэнгиро* (*Sunengiro*, 'Sleeper') from *суно* (*suno* 'sleep, dream').

Already in the beginning of the book Carroll uses a precise phonetic wordplay *cats / bats*. In the Romani translation we used *мыцы* (*mici* 'cats') / *мышы* (*miši* 'mice'), which with an addition *пхакэнцы* (*phakenci* 'winged, flying') means 'bats', just like Russian *летучие мыши* (*letuchie myshi*), or German *Fledermäuse*). In Romani, Alice muses in her dream, also with a precise one-letter difference: "*Мыцы лэн ухтылэн?*" ("*Mici len uxtilen?*" '"Do cats catch them?"')... "*Мышы лэн ухтылэн?*" ("*Miši len uxtilen?*" '"Do bats catch them?"')

The Hatter's famous riddle "Why is a raven like a writing-desk?" in Romani is translated as "*Состыр корако сыкадёл сыр скаминд?*" ("*Sostir korako sikadjol sir skamind?*"). We chose a Greek-derived *скаминд* (*skamind* 'bench'); it would be strange to look in the Romani vocabulary for a specific term designating a writing-desk!

The *tail / tale* of the Mouse (*Мышо, Mišo*) wordplay is very hard to translate. In our version, instead of *пхари, закхуды* (*phari, zakhudi* '[my story is] tragic and tangled'), Alice hears *пори закхуды* (*pori, zakhudi* '[my story is] tangled like a tail'). The second phonetic pun follows in the original English: "I had *not!* / a *knot*. We found something equivalent in Romani: *Авэн, злэ!* (*Aven, zle!* 'go on, take away!') and *О вэнзлы* (*O venzli* 'knots'). The phonetic puns here originate from the fact that the Mouse speaks with a Russian accent. Our Alice expects that it would say both *nopu* (*pori* 'tail') and *nxapu* (*phari* 'tragic') as *napu* (*pari*), and *o вэн-* (*o ven-*) as *авэн* (*aven* 'go on').

The school puns (Chapter IX) are a special and important subject, on which the editor spent a lot of time. The Mock Turtle and Gryphon talk about fictional school subjects that are based, however, on real disciplines. The Romani word *Природэибэн* (*Prirodeiben*) means 'Searching for Something' but also sounds close to Russian *Природа* (*Priroda* 'Nature'). *Би-якхалогия* (*Bi-jakhalogija*) sounds like *Биология* (*Biologiya* 'Biology') and possibly means... well, something like 'Studying-Without-Eyes'. *Маче-макх-чикэн* (*Mače-makh-čiken*) literally translates 'Fish-Greasing') but sounds like *Математика* (*Matematika* 'Mathematics'); *Э-Кхэлогия* (*E-Khelogija* from *Э, кхэл!* (*E, khel* 'Hey, dance!') resembles a modern science of *Экология* (*Ėkologiya* 'Ecology'). A mysterious *Жужо-гиныбэн* (*Žužo-giniben* 'Clean-Reading') is modeled on Calligraphy, which literally translates 'Clean-Writing'). *Ростхулякирибэн* (*Rosthuljakiriben* 'Fattening') is not a very popular subject but it could be taught in an underwater school, as well as its opposite, *Санякирибэн* (*Sanjakiriben* 'Thinning'). *Мистория* (*Mistorija*) is a portmanteau of *Мистика* (*Mistika* 'Mystics') and *История* (*Istoriya* 'History'). *Морёграфия* (*Morjografija* 'Seaography', i.e. Carroll's Seaology) is an obvious analog of *География* (*Geografiya*, 'Geography'). The old Crab teacher taught Laughing and Grief (a pun on "Latin and Greek"); we render it as *Сабэн и Ясва* (*Saben i Jasva* 'Laughter and Tears'); since many young Roma currently study stage acting, this would be an appropriate subject for them.

The "fish" puns presented some difficulty. The Romani vocabulary in this area is rich but most fish names are borrowed from local languages. We replaced one of Carroll's fish species, whiting (*Merlangius merlangus*) by as many as three sea creatures, all mentioned in the Lobster-Quadrille song. These were *омар* (*omar* 'lobster'); *селёдка* (*seljodka* 'herring') and slightly fictional *кхосатка* (*khosatka*), derived from the Russian *косатка* (*kosatka*, 'killer whale'). As Alice addresses food issues, "I've often seen them—" refers to a lobster. A herring replaces whiting on a plate as our Alice imagines it traditionally garnished with onion rings, with its tail in its mouth. The third time when a whiting is mentioned, Gryphon tells about its 'doing boots and shoes' under the sea, instead of blacking. Here we use a *khosatka*, which literally means 'rubbed, polished' from *кхосны* (*khosni*)—with a black shoe polish.

In its famous dialogue with Alice, the Cheshire-Cat asks the girl whether the Duchess's baby turned into a *pig* or a *fig*. In the Romani translation, we have the choice between *балачё* (*balačo* 'baby') and *бар лачё* (*bar lačo* 'a precious stone, a talisman'). This word was used, for example, by Prosper Mérimée in his famous novella *Carmen* (1845). Mérimée, in his turn, borrowed this term from a book on the Spanish Gypsies authored by George Borrow (1803–1881), an English writer, a linguist, and the first translator of Alexander Pushkin into English. The Romani translator of *Carmen*, N. A. Pankov, noted about this word that "it appears that in Spanish Romani, 'stone' is feminine in gender, so they say *bar lači* rather than *bar lačo*".

An old tradition in translating *Wonderland* is to replace the Mouse's "dry lecture" about William the Conqueror (Chapter III) with a local version. We decided to remind the reader about the Roma history of the eighteenth century, taken from an old history text[2]. Here is this pastiche in a back-translation:

---

2 Валог И., Геньдеш И. *Венгерска рома*. Пирилыджия М. Т. Безлюдско. - Москва: Центриздат, 1931. - 65 с. С. 11. (Balogh I., Gendesz I. *Vengerska Roma* [The Hungarian Roma. Translated [into Romani] by M. T. Bezlyudskij]. Moscow: Tsentrizdat, 1931. - 65 pp. P. 11)

"Ahem!" said the Mouse with a low, ponderous voice. "Are you all ready? This is the driest thing I know—a lesson. Silence all round, if you please! '—The life of the Roma people in old Europe was harsh. Maria Theresa, the Queen of Hungary, wished to abolish the wandering life of the Roma at once. A mandatory decree was issued according to which the Roma youths were banned from marrying the Roma girls. The decree also prescribed to take away from the Roma parents their—'"

"Ugh!" said the Parrot, with a shiver.

"I beg your pardon!" said the Mouse, frowning, but very politely. "Did you speak?"

"Not I!" said the Parrot, hastily.

"I thought you did," said the Mouse. "I proceed. '—to take away from the Roma parents their children and hand to other people for upbringing. The Queen found it advisable—'"

"Found *what*?" said the Duck.

"Found *it*," the Mouse replied rather crossly: "of course you know what 'it' means."

"I know what 'it' means well enough when *I* find a thing," said the Duck: "it's generally a frog, or a worm. The question is, what did the Queen find—a frog or a worm?"

The Mouse did not notice this question, but hurriedly went on: "'—found it advisable to destroy also the Romani language, and even the very name of the *Roma*; she banned the Roma from speaking the Romani, and forced them to list in their papers as the *New Magyars* or the *New Villagers*; they were all assigned to the villages—' How are you getting on now, my dear?" it continued, turning to Alice as it spoke.

Following the tradition of many translators, I managed to "domesticate" some of Carroll's poems.

The first parody poem ("*How doth the little crocodile*") in our translation becomes s a song of the crocodile:

| | |
|---|---|
| *Мэ сом гожо крокодило,* | *Me som gožo krokodilo,* |
| *мэ сом мурш тэрно,* | *me som murš terno,* |
| *Сом хулай прэ саро Нило,* | *Som xulaj pre saro Nilo,* |
| *рай совнакуно.* | *raj sovnakino.* |
| *Саро свэто мэ облава* | *Saro sveto me oblava* |
| *дро тато сабэн,* | *dro tato saben,* |
| *Ко хабэн мэ закхарава* | *Ko xaben me zakharava* |
| *тыкнэ мачёрэн.* | *tikne mačoren.* |

'I am a pretty crocodile,
I am a young fellow,
I am the owner of the Nile,
A golden overlord.
I embrace the entire world
With a warm smile,
I call all the small fishes
To come for dinner.'

This parody is based on a folk song "*Мэ сом гожо мурш баро*" ("*Me som gožo murš baro*" "'I am a fine young fellow'"), from the repertoire of the famous singer Pyotr Demeter); this is a traditional formula used by a young Roma man to describe himself.

The lullaby of the Duchess—in our translation called *Бари-Рани* (*Bari-Rani* 'Important Lady')—is based on a well-known song by Ivan Khrustalyov (Timofeev),[3] from which we borrowed the lines:

3    Иван Тимофеев (Вано Хрусталё). *Гиля* [Стихи. На цыганском языке]. Москва: Гослитиздато, 1936. - 70 с. С. 20. (Ivan Timofeyev (Vano Xrustalyo). *Gilya* [Poems. In Romani]. Moskva: Goslitizdato, 1936. - 70 pp. P. 20.)

*Сов, миро тыкно чяво,—*  *Sov, miro tikno čavo,—*
*Сов и закэр якхорья…*  *Sov i zaker jakhorja…*

'Sleep, my little boy,
Sleep and close your eyes…'

The dramatic story about the Owl and the Panther is based on a folk song *Баро форо Кишинёво* (*Baro foro Kišinjovo* 'Big City Chişinău'), which begins *"Задыкхъём мэ дрэ да садо, дрэ да садо-винаградо"* (*"Zadikhjom me dre da sado, dre da sado-vinagrado"* '"So I came into a garden, in a garden full of grapes"').

The moralistic proverbs of the Duchess (our Bari-Rani) were modeled after the Romani collection published by N. A. Vasilevskij.[4] The mustard-and-flamingo proverb sounds traditionally, "Birds of a feather flock together". Our version, *"Дрэ екх пор и чириклы на бияндёлапэ"* (*"Dre jekh por i čirikli na bijandjolape"* '"All birds have different feathers"') is followed by Alice's objection that mustard is not a bird: *"Нэ кирки нанэ чириклы"* (*"Ne kirki nane čirikli"*).

Another proverb ("The more there is of mine, the less there is of yours") follows a series of puns on the word *mine*. Our equivalent is modified from a proverb found in the folklore collection of V. N. Dobrovolskij (1908), *"О балавас кэ саро джяла"* (*"O balavas ke saro džala"* '"Bacon goes with anything"'), as Bari-Rani says *"Шах-то нанэ балавас, кэ саро на джяла"* (*"Šax-to nane balavas, ke saro na džala"* '"But cabbage is not bacon, it does not go with anything"'). A phonetic pun here employs *шахта* (*šaxta* 'mine') and *шах-то* (*šax-to* 'but cabbage').

4  Василевский Н. А. *Цыганско-русский словарь, русска рома—северно-русский диалект. Романы чиб.* - Калининград: Страж Балтики, 2013. (Vasilevskij N. A. *Tsygansko-russkij slovar', russka roma—severnorusskij dialect. Romani čib.* ['Romani-Russian dictionary, russka roma—North Russian Dialect'] Kaliningrad: Strazh Baltiki, 2013

In her final statement, Bari-Rani says "as much right as pigs have to fly". We render it by something equally impossible, and very Roma-specific, *"бэшындуй на кхэлэна танцо"*[5] (*"bešinduj na khelena tanco"* 'one cannot dance when sitting')

This translation work was both very interesting and hard. It was important for me to find such precious solutions in the Romani translations and other texts published in the 1920s and 1930s that would restore the continuity with the tradition of Romani literature that was, unfortunately, abruptly and cruelly halted in Russia at that time. Here are two examples from school terminology that was then being actively created in Romani. Alice mentions longitude, *длэнгима* (*dlengima*) and and latitude, *буглыпэн* (*buhlipen*). These terms were taken from a 1933 textbook for the fourth grade, translated from Russian by Olga Pankova, a poet. The Romani term for multiplication table, *убарьякирибэн* (*ubar'jakiriben*) was taken from a 1934 mathematics textbook, translated from Russian by the writer Aleksej (Leksa) Svetlov.

Finally, one more example of how productively wordplay could be rendered in the Romani. As those little pebbles in Chapter IV turn into magic cakes that helped Alice to shrink, the Romani language provides a great—and truly Carrollian—phonetic pun, *барорэ-марорэ* (*barore-marore* 'pebble-cakes')!

I am thankful for an opportunity to master my skills as I participated in this wonderful project on publishing the famed fairytale in various world's languages, with the help of Victor Fet as advisory editor. This work became for me a true school of translation where one has to convey numerous details of a very complex text including its wordplay. I am grateful to the Evertype publisher Michael Everson, as well as the *Alice150* project leader Jon Lindseth, and to all other colleages—

---

5   Василевский, op. cit., p. 161

translators whose findings have helped me to find solutions for small and large problems.

Viktor Shapoval
Vsevolozhsk, Russia
August 2018
*(translated by Victor Fet)*

Сыр Алиса Попэя кэ
Чюдэнгири Пхув

## Со и кай исы андрэ

Дро пашдывэс совнакуно
    екх лодкица локхэс
никай лыджян пир пашсуно
    тыкнэ васта. Камэс?
Зумав ла дякэ дурэдыр
    никай тэ правинэс!

Тумэ трин затховэна ман
    тэ роспхэнав, нэ хор
суто о свэто. Екхджино,
    мэ на латхава зор—
тэ на пхэнав ни лав, ни паш,
    тэ на спхурдав екх пор.

Екх глос сарэса райканы:
    «Мангав тэ роспхэнэс!»—
«Пал чюды, соб тэ на патяс!»—
    Э дуйто глос—ковлэс.
«Екх дрэ минута, на *бутыр*!»—
    Э трито, ту додэс.

Екхатыр штылыпэн ятя,
    коли дыкхэнас трин:
э чяй суты урняндэя
    кэ пхув Чюдэнгири,
кай чирикленца ракирдя.
    Сыр тэ патяс? Аи?

Сыр адава роспхэныбэн
    прасталас, сыр паны,
сари фантазия мири
    шутёлас, сыр ѓанынг.
«Бутыр»—«На акана!»—«Кана!»—
Мангэл э глос саны.

Да пхув Чюдэнгири лэя
    понабут тэ барьёл,
кон сыс одой, кай попэя,
    мэ роспхэндём, со мол.
Нэ акана кхэрэ явэн,
    сыр кхам тэлэ пасёл.

Алиса, лэ дрэ васторэ
    миро роспхэныбэн.
Чув, кай нашты тэ забистрэс
    три бах и тыкныпэн,
сыр цвэтыцы ѓара скхудэ—
    шукэ, нэ гаравэн.

## ШЭРО I

# Тэлэ Дрэ Шошорэскиро Ганадо Кхэр

Алиса сыс бэшты пашэ лакирэ пхэнятэ про брэго. Ёй ятя набут-по-набут зоралэдыр тэ кхинёл, палдава сыр на латхэлас ничи, со бы тэ покэрэл. Екх-дуй молы ёй почёри задыкхья дрэ книжка, сави лакири пхэн гиндя. Нэ адой ни патриня, ни розракирибэна на сыс. «Нэ и саво толко дрэ дасави книжка,» подуминдя Алиса, «кай нанэ ни патриня, ни розракирибэна?»

Адякэ ёй прилэяпэ тэ ґалёл дрэ пэскиро шэро (кицы дава лакэ удэяпэ, сыр кхамэскиро татыпэн ла кэрдя пашсуты и пхарэгодякири). Со фэдыр: или лакэ тэ скхувэл ромашкицы дрэ венко, или адава на мол буты тэ уштэл тэ джял тэ скэдэл цвэтыцы,—коли екхатыр Парно Шошоро лолэ якхэнца прастандэя надур пашэ лэндэ.

Дрэ дава на сыс дыкхно ничи дриван *зоралэс* дивно. Палдава англэдыр Алиса дажэ на подуминдя, сыр адава дриван *зоралэс* баро чюдо, коли ушундя, сыр Шошоро пхэндя пэскэ. «Дэвла! Дэвла! Мэ опоздынава!» (Пирдало

курко-вавир, сыр ёй приляпэ тэ зрипирэл адава саро, ёй
поляэ, со лакэ трэбиндя бы тэ здивинэлпэ екхатыр, коли
одова Шошоро токо посыкадэя. Нэ дрэ одоя само минута
лакэ адава саро дыксёлас сарэса нормальнэс). Нэ коли
Шошоро *выляя чячюнэ мардэ пэскирэ кисыкатыр* (а ёв
сыс уридо дрэ *жылеткица*), соб тэ подыкхэл, кицы
сыкавэла, и приляпэ тэ прастал дурэдыр,—Алиса сыгэс
зухтя прэ ґэрорья, палдава сыр лакэ явья дро шэро: ёй
николи англэдыр на дыкхья ни екхэс дасавэс шошорэс—и
дрэ жылеткица, и мардэнца дрэ кисык,—и ёй мэя тэ джинэл,
кай ёв попрастала. И ёй чюрдэяпэ тэ дорэсэл лэс пирдалэ
фэлдыца и сыр-то ухтылдя екхэ якхаса прэ миго, сыр ёв
гарадэя дрэ бари шошорэскири нора тэлэ зэлэно джиды бар.

И дрэ вавир миго ёй ужэ пэрэлас тэлэ, сыр ёй попэя дрэ ядая нора, сыр и Шошоро. И дрэ адая секундыца латэ на сыс мэк екх миго тэ подуминэл, сыр и коли ёй рисёла палэ.

Нора надур джялас ровнэс, сыр саво-то тунэлё, нэ палэ екхатыр забандия тэлэдыр зоралэс крэнтэс. Адалэстыр Алисатэ на ятя екхоро миго тэ подуминэл, сыр бы лакэ тэ подуминэл пофэдыр, пока ёй сы тэрды про штэто. И сыго ёй полэя: ёй пэрэла тэлэдыр и тэлэдыр дрэ бари-бари ґанынг.

Или адая ґанынг сыс зоралэс бари дро хорипэн, или ёй кокори пэрэлас зоралэс насыґэс, нэ латэ сыс пхэрдо времё тэ роздыкхэл саро пашэ латэ и тэ подужакирэл, саво диво скэрэлапэ ласа дурэдыр. Пэрвонэстыр ёй зумадя тэ дыкхэл тэлэ, соб тэ полэл, кай урняла, нэ ничи на роздыкхья одой. Пирдал екх минутыца ёй ужэ роздыкхьяпэ прэ сарэ боки, а одой, кай на дыкх, сыс пхэрдо пхаля, кай прэ екхэ сыс паплэ книжки, а прэ ваврэ сыс тэрдэ пирья и банки, адай-одой сыс убладэ пхувьякирэ карты и барэ патриня прэ ґанынгакирэ стяны. Ёй ухтылдя э пхалятыр екх банка, пока урняндэя тэлэ. Пэ банка сыс тэрдо «МАН-ДАРИНОВО МАРМЕЛАДО», нэ кэ лакири бибахт на сыс бутыр ничи андрэ. Ёй на камья тэ чюрдэл ада банка тэлэ, соб тэ на умарэл конэс про мэрибэн. Ёй сарэ годяса, сыр трэби, тходя одо банка прэ саво-то пхалори—и поурняндэя дурэдыр.

«Мишто!» думиндя пэскэ Алиса. «Адава сы чячюно пэрибэн! На лава бутыр тэ дарав, коли бы и пэравас э лесницатыр! Амарэ, ёнэ сарэ мэрна дивостыр, сави сом акана муршнячка! Аи! Мэ на пхэнава ни лав ни паш, мэк бы тэ пэрав тэлэ, ґалёв, упрал амарэ кхэрэстыр!» (Акана адава саро сы, ґалёв, чячё!)

Тэлэ, тэлэ, тэлэдыр. Адава пэрибэн *николи* на кончи-нэлапэ? «Ґалёвав, кицы километры мэ ужэ проурняндыём дро пэрибэн?» пхэндя ёй э пхэрдэ глосяса. «Дорэстём, патяв, ко цэнтро о Пхувьякиро. Нэ-ка, адава сыс шовдэша шэла

километры упрал тэлэ...» (Ту дыкхэс, Алиса рикирэлас
пэскэ дро шэро бут дасавэ барэшэрэскирэ дылныпэна,
дакицы шукар зарипирдя дрэ школа; мэк одой и на сыс
*зоралэс* шукар штэто тэ сыкавэл пэс, сыр никон ла на
шундя, саекх адава сыс шукар репетиция: тэ пхэнэс екх-
вавир моло саро, со джинэс, аи?) «Аи, мэ пхэндём чячес, мэ
дорэстём адякэ дур,—и мангэ трэби тэ джинав саво
Буґлыпэн и саво Длэнгима исы адай, кай мэ допэём?»
(Алиса—чячё тэ пхэнав—на джиндя, со значинэла одо
Буґлыпэн, адякэ сыр и со исы одо Длэнгима, нэ лакэ сыс
пиро ди тэ проракирэл дасавэ барэ шукар лава.)

Ёй прилэяпэ тэ россэндынэл дурэдыр. «Мэрав тэ джином,
сыр мэ проурнява *пирдалэ* сари Пхув! Саво кучипэн тэ
выухтяв пхувьятыр аври—машкир манушэндэ, савэ сарэ
псирна прэ пэскирэ шэрэ, упрэ ґэрэнца! Сыр лэн кхарна?
Антипатии, ґалёв...» Ёй сыс набутка радо адалэстыр, сыр
одой на *сыс* никонэс, кон бы ла шундя. Адава лав выухтя
латэ мостыр, нэ, патяв, на сыс адай про штэто. «И мангэ
трэби тэ пхучяв адалэ манушэндыр, сыр кхарна лэнгири
пхув. „Мангав, раны! Адава сы Нэви Зеландия? Или
Австралия?“» и ёй зумадя тэ дэл шукар поклоно, ракири.
(Бари буты—тэ кэрэс *поклоно* екхатыр, сыр ту выухтян э
пхувьятыр упрэ ґэрэнца! Ту кокоро-то сыр думинэс? Зумав
пэскэ адякэ!) «Сави дылныпэн тэ пхучес, кай мэ сом!» Дякэ
пхэнэла да раны. «На лава тэ пхучяв, фэдыр породава, кай
сы чиндло, сыр ада пхув кхарна.»

Тэлэ, тэлэ, тэлэдыр! Сыр латэ на сыс бутыр соса тэ
залэлпэ, Алиса прилэяпэ дурэдыр тэ ракирэл пэса. «Мангэ
здэлпэ, Дина лэла тэ тутинэл би-миро дадывэс раты!..»
(Дина сыс лакири мыца.) «Патяв, амарэ на бистрэна
бельвеле тэ дэн лакэ набут тхудоро тэ пьел. Дина, мири
бахт! Сыр мэ камам акана тэ дыкхав тут пашэ мандэ адай!
Чячё тэ пхэнав, амарэ кхэрэскирэ мышы адай на дживэн,
нэ адай сы мышы—о! вавир мышэнгиро сорто: мышы

10

пхакэнца, савэ джинэн тэ урнян. Саекх тукэ ухтылла лэн тэ ухтылэс. Мыцы лэн ухтылэн? На джином! Адай Алиса прилэяпэ тэ засовэл, и ужэ пашсуты на могиндя тэ роскхувэл пэскири чибори. «Мыцы лэн ухтылэн? Мыцы лэн ухтылэн?» пхучелас ёй, и дурэдыр. «Мышы лэн ухтылэн?» Нэ ту джинэс: ёй бутыр на ґалэя, кай одой сы чячипэн. Лакэ сыс ужэ саекх, со и сыр тэ пхучел. Ёй полэя: ёй сы суты, и дыкхэл дро сунэ, сыр ёй и лакири Дина псирна кхэтанэ, и ёй мангэла э Динатыр тэ пхэнэл лакэ чячес. «Акана, Дина, пхэн мангэ чячипэн: ту мэк екх моло хаян э мышка пхакэнца?» …И екхатыр ба-бах! Ёй пэя прэ бэргица шукэ патря, и адякэ лакиро дром закончиндяпэ.

Ничи латэ на дукхал, и ёй ухтя прэ ґрорья др одо жэ миго: ёй подыкхья упрэ дрэ нора, катыр ёй приурняндэя, нэ на удыкхья ничи: одой сыс калыпэн. Ничи! Ангил латэ сыс дуйто нора, и Парно Шошоро сыс одой дыкхно дро прастаибэн. Нашты тэ нашавэл екх секундыца! И Алиса ухтылдяпэ тэ прастал, сыр балвал, и дорэстя лэс адякэ надур, даже ушундя э вэнглостыр лэскиро роибэн. «Ох, мирэ кана! Ох мирэ вэнсьцы, сыр мэ опоздынава!» Ёй сыс сарэса-сарэса надур лэстыр, зарисия пало вэнгло. Нэ одой Шошоро на сыс ужэ бутыр дыкхно. Ёй попэя акана дро научё баро зало. Одо зало лыджия дур-дур ровнэс, и одой бут хачинэ лампы сыс ублaдэ упрал, вытходэ шукар дро тхаворо.

Бут вудара сыс дыкхнэ адай и одой, нэ ёнэ сыс закэрдэ про ключё, сыр Алиса полэя, коли прогэя одой и палэ и потырдэя кажно вудар. Ивья! Ёй рисия дрэ тугица про штэто, и даже на полэлас, сыр бы лакэ тэ выкэдэлпэ адалэ бидатыр.

Надужакирдэс лакэ попэяпэ прэ якха тринэґэрэнгиро скаминдоро, саро стеклянно. Прэ одова на сыс ничи, нэ токо екх совнакуно ключико. Алиса екхатыр ґалэя, сыр адава поможындя лакэ тэ отпхандэл мэк екх вудар, а лэн сыс бут одой. Нэ адая буты на гэя дякэ локхэс: или замки сыс зоралэс барэ, или одо ключико сыс зоралэс тыкно, нэ ни екх вудар нисыр на камья тэ откэрэлпэ. Набут-по-набут ёй прилэяпэ тэ зумавэл одо ключико пиро дуйто моло кэ сарэ вудара, и екхатыр лакэ попэяпэ прэ якха екх полого, саво ёй на удыкхья англал. Ада полого гарадэя екх тыкноро вудар, на бутыр сыр саранда сантиметры дро учипэн. Ёй зумадя одо ключико, и ёв подгэя ко замкицо прэ лакири бари бахт!

Алиса откэрдя вудар и дыкхья одорик, кай дурэдыр лыджяла нэво набаро тунэлё. Сыс на учедыр, сыр екх крысакири норкица. Ёй екхатыр пэя прэ чянга и подыкхья пирдал ада нора: одой сыс шукар тыкно садыцо. Дасаво кучипэн ёй николи на дыкхья! Ёй мэя тэ прокэдэлпэ андрэ, мэк нора сыс зоралэс тыкны, собы тэ дэл Алисакэ тэ погулинэл машкир адалэ шукар клумбицы цвэтэнца, адалэ

12

шукар фонтаныцы маченца. Нэ и лакиро шэро екхоро на прогэя бы пирдал ада накандэно вудар. «Нэ, со ж тэ кэрав мангэ?» думиндя киркори Алиса. «Мэк *бы* миро шэро и *прогэя* андрэ кокоро, би-миро, саво миштыпэн явэлас *бы* мангэ адалэстыр? Ох, сыр жэ мангэ трэби тэ стховавпэ, сыр телескопо, тэ явав тыкнэдыр! Патяв, мангэ бы удэяпэ, нэ трэби тэ джином екх секрето, сыр тэ прилавпэ палэ буты.» Ту полэс, кицы бут и дасавэ дивна дивы ужэ ласа скэрдяпэ. Адалэстыр ёй ятя тэ патял: «Набут сы про свэто дасаво, саво нашты тэ скэрэс или саво на можындя тэ скэрэлпэ кокоро кокорэса.»

На сыс ничи тэ дужакирэл пашо тыкноро вудар, и ёй рисия палэ ко скаминдоро, нэ набут патяндэя дро ди: «Мангэ удэлапэ тэ латхав екх вавир ключико прэ да скаминд. Или фэдыр мэк одой пасёла екх книжкица, сыр тэ стховэн манушэн дро тыкныпэн, сыр телескопы.» Нэ ёй налатхья про скаминдоро екх бутылкица («На сыс адай англал, мэ рипирав!» пхэндя Алиса пэскэ). Про кирло о бутылкакиро сыс припхандло екх лылоро, кай сыс дыкхнэ барэ шукар буквы «ПИ МАН».

Адава ничи на мол тэ пхэнав «Пи ман», нэ амари годьвари Алиса на прилэяпэ *екхатыр* тэ пьел. «Нат, мэ подыкхава,» пхэндя ёй, «нанэ ли кай сыкадэно *„ядо"* прэ да бутылкица»; палдава сыр ёй гиндя и шундя бут шукар роспхэныбэна, кай тыкнэ чяворэ попэнэ дрэ бибахт, кай лэн ханэ или рычя или рува, и лэнца кэрдэпэ разна намиштыпэна, и саро одолэстыр, сыр ёнэ на *лэнэ* тэ рипирэн набарэ правилы, мэк лэнгирэ пшала и пхэня сыклякирнас лэн, а одолэ правилы сыс проста: сыр э лолэс-хачкирды саструны банги тэ рикирэс дриван длэнгэс, схачкирэса пэскиро васт; сыр тэ чинэс пэскиро пальцо э чюрьяса *зоралэс*, о рат тхадэла; и ёй николи на забистрэлас: коли кон выпия зоралэс бут э бутылкатыр, а прэ латэ сыс чиндло «ядо», одолэстыр явэла баро намиштыпэн, мэк акана жэ екхатыр, мэк пирдало дывэс-дуй, нэ саекх явэла дриван намишто.

Нэ, сыр никай прэ ада бутылкица *на сыс* дыкхно «ядо», Алиса прилэяпэ набут-по-набут тэ зумавэл, со сыс андрэ, и полэя: адава сы куч шукар. Адава сыс и гудло, сыр хачкирды пхабай э ягвинаса, и лондо, сыр лонкирдо мачёро пурумаса, нэ бутыр здэласпэ, ѓалёв, прэ дзэвэлы баласорэса, мэк и биладёлас прэ чиб, сыр о морожэно, нэ саекх хрустиндя прэ данда, сыр таты мариклы, кэрады прэ ксил! И сыго-сыго закончиндяпэ.

«Саво чюдо!» пхэндя Алиса. «Мэ стховавпэ, сыр телескопо!»

И адава сыс чячё: акана ёй сыс ужэ на учедыр, сыр биш тэ панч сантиметры. Лакиро муй дажэ захачия лолэс, сыр ёй полэя: акана ёй сы ужэ дякэ набари, собы тэ проджял дрэ одо тыкноро вудар и тэ закэдэлпэ дрэ шукар садыцо. Нэ саекх ёй дужакирдя екх-дуй минуты, собы тэ полэс: ёй ужэ на тыкнякирэлпэ дурэдыр. Лакэ здэяпэ, сыр бы ёй тыкнёлас бутыр, сыр трэби. «Мэ дарав, адава кончинэлапэ,» пхэндя Алиса пэскэ, «коли мэ кокори кончинавпэ сарэса, сыр момэлы. И со мэ лава тэ кэрав адалэ ростоскири?» И ёй зумадя тэ выдуминэл, сыр дыксёла ягори, коли момэлы сарэса мурдэя, нэ ёй николи на дыкхья дасаво диво.

Пирдал екхори минутыца ёй полэя: ничи бутыр на кэрэлпэ. И ёй скэдэяпэ тэ джял кэ садыцо; нэ прэ лакири кирки бибахт, коли Алиса явья ко тыкно вудар, ёй екхатыр зрипирдя: одо совнакуно ключико ятяпэ пашло прэ скаминдоро. А коли ёй рисия палэ, ёй полэя: акана лакиро ростыцо на дэла лакэ тэ дотырдэлпэ ко ключико про скаминдоро. Мэк ёй дыкхья да ключико пирдалэ стеклянно пхал, сыр ёй на тырдэяпэ, саро ивья, сыр ёй на зумадя тэ закэдэспэ упрэ пиро скользко скаминдэскиро гʼэрой, нэ саро ивья: ёй спэя тэлэ. И амари киркори Алиса бэстя тэлэ и прилэяпэ тэ ровэл саро зорьяса.

«Ухтылла! Саво толко тэ ровэс акадякэ!» пхэндя Алиса пэскэ э шутлэ дакирэ глосяса. «Авэла тэ равэс ясва! Миро тукэ совето!» Ёй зоралэс камья тэ дэл пэскэ лаче советы (мэк и на зоралэс камья тэ кандэл пэс). Ёй—чясоса—костя пэс адякэ зоралэс, дажэ на можындя тэ зрикирэл ясва; екх моло—сыр ёй рипирдя—ёй мардя пэскэ пирэ кана, сыр ёй пэс хохадя, коли кхэлдя пэса кокорьяса дро крокето. Адава саро джялас адалэстыр, сыр ёй камья тэ явэл сыр бы дуй-дженэ дрэ екх мас. «Нэ акана нанэ миштыпэн дрэ адава,» думиндя Алиса, «собы тэ сыкавав дуен-дженэн! Акана мангэ ман на ухтылла дажэ тэ стховав нормальнэс мэк ман кокорья *екхэ-дженя*!»

Сыго лакирэ якхорья налатхнэ екх набари коробкица, подчюрдэны тэло скаминдоро. Ёй откэрдя ла, и одой сыс гарадо екх гудло парамаро, зоралэс набаро. Прэ лэстэ сыс кориночки (изюминки), шукар вытходэ дрэ дуй лава «ХА МАН!»—«Аи, мэ хава тут,» пхэндя Алиса, «и коли мэ выбарьёвава, мэ дорэсава ключико; нэ а коли мэ тыкнёвава, мэ проджява тэло вудар: саекх мэ попэрава дро садыцо,— и мэк явэла, со явэла!»

Ёй зумадя екх крошкица, и пхэндя пэскэ набут трашанэс. «Барэдыр? Тыкнэдыр?» рикири пэскиро васторо тходо прэ лакиро шэро упрал, собы тэ полэл: ёй акана барьёла или тыкнёла? Нэ прэ диво ничи на кэрдяпэ ласа, лакиро росто акана нисыр на парудяпэ. Чячё тэ пхэнав, адава сы нормальнэс, коли амэ хас парамаро, а ничи на парувэлпэ, нэ Алиса подыкхэлас ададывэс пэскире якхэнца дякэ бут дивы, и лакэ даже здэяпэ на сарэса нормальнэс, коли саро джял нормальнэс и ничи на парувэлпэ.

Палдава ёй залэяпэ хабнаса и сыго прикончиндя одова гудло парамаро.

## ШЭРО II

# Дрэ Лужа Ясвэнгири

«Дивнэдыр и дивнэдыр!» рундя Алиса (саро джялас адякэ бангэс, чёрори даже прэ минутыца нашадя нормально чиб). «Акана мэ ростховавпэ, сыр само баро телескопо дро свэто! Ячентэ Дэвлэса мирэ ґрорья!» (ёй пхэндя дякэ, сыр дыкхья пэскирэ ґэра, савэ нашавэна пэс лакирэ якхэндыр дурэдыр и дурэдыр). «Ой, мирэ ґрорья, кон тумэн урьявэна дрэ носочки, кон тумэн акана тховэна дрэ тривички, мирэ лачё? Дарав, мэ—уже николи! Саво дурипэн! Чюрдава тумэн кокорэн про свэто, сиротки! Нисыр мангэ бутыр нашты тэ псирав палэ тумэндэ!» думиндя Алиса. «Мэк амарэ дрома розгэнэпэ, и, ґалёв, тумэ на рисёна кэ мэ уже николи, саекх мэ лава тэ бичявав тумэнгэ, амарэ родна, дро подарко нэвэ тыраха про Нэво Бэрш, собы тумэ ман кандэна.»

И ёй прилэяпэ тэ гадынэл, сыр бы лакэ тэ бичявэл ада тыраха пэскирэ ґэрэнгэ. «Трэби тэ бичявав лэн э курьероса,» думиндя ёй, «и сыр шукар адава явэла, коли екх мануш бичявэла подарко пэскрэ ґэрэнгэ! Нэ саво адресо? Ґалёв, дасаво!

17

*Ранякирэ Алисакирэ правонэ г'эракэ,*

   *кай о Бов,*

      *пашэ Банги*

         *(Алисатыр сарэ дёса).*

Дэвла, савэ дылнышэна мэ ракирав!»

Др ада миго лакиро шэро дорэстя кэ
залоскири крыша: чячес ёй сыс акана
бутэдыр, сыр трин метры дро учипэн,
и ёй ухтылдя вастэса набаро сов-
накуно ключико и прастандэя ко
вудар, саво лыджял ко садыцо.

Чёрори Алиса! Лакэ нэвэс ничи
на удэяпэ, пашлы ёй можындя тэ
дыкхэл екхэ якхаса прэ одо садыцо,
нэ тэ прокэдэлпэ пирдало вудар—
нисыр! Ёй бэстя и приляпэ тэ ровэл
нэвэс.

«Сыр тукэ нанэ ладжяво,» пхэндя
Алиса, «бари чяй, сыр ту,» (бари—
одова сы чячё, нанэ вавир лав),
«ровэл, сыр гурувны! Ухтылла!
Пхэнав тукэ!» Нэ ивья! Лакири
роибэн сыс и дурэдыр адякэ жэ
зорало, и ёй чивэлас бут литры
ясва. Акадякэ посыкадэя чячю-
ны лужа ясвэнгири, гин дэш
сантиметры хор, ростхадэны
буг'лэс машкир зало.

Пирдал чясыцо лакэ пошун-
дяпэ, сыр кон-то надур псирдя, и
ёй сыго вышутькирдя пэскирэ
якхорья, соб фэдыр тэ роздыкхэл,
кон явэла. Адава сыс Парно Шошоро,
кон рисёла палэ ужэ шукар уридо. Ёв

рикирдя санэ парнэ вастытка дрэ екх васт и баро вееро дро вавир: прастандуй ёв ухтэлас дрэ рысакоскири манера, тихэс ракири пэскэ прэ псирибэн. «Ой! Бари-Раны, Бари-Раны! Ой! Ёй *захачия* э холятыр, коли мэ затховава ла тэ дужакирэл ман!»

Алиса сыс дрэ дасави бида! Ёй помангэлас бы кажнонэс, конэс-наяви, тэ поможынэл лакэ. И коли Шошоро явья пашэдыр, ёй лэя тэ пхучел лэстыр э тихонэ ковлэ глосяса. «Мангав, миро Рай…» А Шошоро ухтя про штэто, вымэкья пэскирэ парнэ вастытка и вееро,—и нашадя пэс якхэндыр дро кало дурипэн сыгэдыр, сыр можындя.

Алиса подкэдэя лэскиро вееро и вастытка и прилэяпэ тэ махинэл э веероса, сыр дро зало сыс зоралэс тато. Ёй ракирэла пэса кокорьяса. «Мири лачи! Сыр бангэс саро джял ададывэс! Акэ тася саро джялас, сыр трэби. Мэ на джином, ѓалёв, мэ парудэём сарэса дрэ екх рат? Дэ мангэ тэ подуминав: сомас мэ *адая само*, коли мэ джянгадыём ададывэс? Мангэ здэлпэ, сыр бы мэ уштыём ужэ сави-то подпаруды. Нэ коли мэ на сом адая само акана, трэби тэ пхучяв: "Кон мэ сом чячипнастыр?" Ах, *адава* сы пхаро пхучибэн!» И ёй прилэяпэ тэ думинэл, кон ёй сы, пирикэдэя сарэ джиндлэ чяёрьен, кон сыс лакирэ бэршэнгирэ, собы тэ полэс, коли уж ёй парудэя, дрэ конэстэ ёй пирипарудэя акана.

«Патяв, мэ на сом Илона,» пхэндя ёй, «сыр лакирэ бала сы скрэнцындлэ сарэ дрэ ангрустя, а мирэ дасавэ сарэса нанэ. И патяв, мэ на сом Лола, палдава сыр мэ джином саро, нэ а ёй, ёй на джинэл дякэ бут! Додав упрэдыр, *ёй* сы ёй, а *мэ* сом мэ. Нэ, Дэвла! Сыр адава саро пхарэс тэ роскэдав! Зумавав, джином ли мэ акана саро, со мэ джиндём атася? Подыкхаса: штар молы пандж сы душудуй, штар молы шов сы душутрин, и штар молы фта сы… Масхари! Дякэ мэ николи на дорэсава ко биш! Саекх *таблица убарьякирибэн* на сыкавэл ничи. Зумавав география. О Лондон сы баро форо дро Парижо, и о Парижо сы баро форо дро Римо, и о Римо сы… Нат, *адава* саро нанэ чячё, мэ джином! Мэ пирипарудэём дрэ Лолатэ! Зумавав тэ зрипирав гилори „*Мэ сом гожо…*"» и ёй стходя пэскирэ васта трушылэса, сыр ёй сыс присыклыны тэ кэрэл, коли отпхэнэл про пхучибэн дрэ школа, и прилэяпэ тэ повторинэл, нэ лакири глос сыс грубо и накандэны, и лава выджянас попарудэ —на дякэ, сыр трэби:—

«„Мэ сом гожо крокодило,
мэ сом мурш тэрно,
Сом хулай прэ саро Нило,
рай совнакуно!

Саро свэто мэ облава
дро тато сабэн,
Ко хабэн мэ заккхарава
тыкнэ мачёрэн!“»

«Патяв, дасавэ лава нанэ чячюнэ,» пхэндя чёрори Алиса, и лакирэ якха ячнэ нэвэс тэ пирипхэрдён ясвэнца, сыр ёй поляэ адава. «Мэ сом дылыны Лола, адава пирэ саро сы дыкхно, и ман збичявэна тэ дживав др одо набаро кирно кхэроро, мандэ на явэла нисавэ цацки, ман затховэна тэ бэшав книжкэнца и тэ сыклякиравпэ бут-бут! Нат, мэ кокори саро решынава палэ миро джиибэн: коли мэ сом Лола, мэ и дурэдыр явава тэ дживав адай, тэлэ пхув! Тумэнгэ на трэби бутыр тэ родэн ман, мири родна, на трэби тэ кхарэн ман упрал, ракири: „Яв палэ ко амэ, амари гудлори!“ Екх, со мэ кэрава: мэ подыкхава прэ тумэндэ и пхучява: „Кон мэ сом акана? Пхэнэнти мангэ екхатыр, и коли мангэ явэла пиро ди адава, конэса мэ ятём, мэ рисёвава кэ тумэ. Сыр нат, мэ дживава адай, пока на парувавапэ дро конэстэ-наяви, нэ дро ваврятэ“. Дэвла!» дэя годла Алиса, и екхатыр ясва лынэ тэ пэрэн лакирэ якхэндыр. «Мэ камам, соб тумэ задыкхэнас упрал сыгэдыр кэ мэ адай, др ада штэто! Мэ сом зоралэс кхины адалэстыр, сыр мэ ятёмпэ адай сарэса кокори, чюрдэны про свэто!»

Коли ёй пхэндя адава, ёй подыкхья тэлэ прэ пэскирэ васта и дивоса поляэ: екх тыкны Шошорэскири вастытко сыс уриды прэ лакиро васт. «Сыр мангэ адава удэяпэ?» подуминдя ёй. «Галёв, мэ нэвэс ятём тэ тыкнёвав.» Ёй уштэя

и гэя ко скаминдоро тэ смеринэл пэскиро росто адалэса, и
уґалэя: ёй сы акана уже на бутыр, сыр епаш метро. Нэ ёй
на пириятя тэ тыкнякирэлпэ сыгэс. Кэ бахт ёй полэя: адава
кэрэлпэ адалэстыр вееростыр, саво ёй рикирдя дро васт, и
ёй чюрдэя лэс тэлэ. Само времё. Коли бы нат, ёй бы
можиндя тэ дотыкнёл сарэса дро «ничи.»

«*Сыр-то* мэ ракхьём пэс!» пхэндя Алиса—стахандэны, нэ
дриван радо, палдава сыр латыр саекх на скэрдяпэ «ничи.»
«Акана—дро садыцо!» И ёй прастандэя сарэ зорьяса ко
тыкноро вудар. Нэ, Дэвла! И тыкно вудар сыс закэрдо, и
одова совнакуно ключико сыс пашло забистэрдо прэ
стеклянно скаминдоро. «Саро джяла бангэдыр и бангэдыр!»
думиндя чёрори чяй, «палдава сыр мэ николи на сомас
дасави тыкны, николи! И мэ на латхьём ничи шукар дро
адава!»

Сыр ёй пхэндя ада лава, лакири ґэрой подпхадия. И-и-и
екхатыр ба-бах! Ёй сари попэя дро лондэно паны жыко
накх. Лакэ дро шэро екхатыр явья. «Мэ попэём дро морё.»
«Нэ адава шукар, э морёстыр мэ джява кхэрэ про поездо,»
пхэндя ёй пэскэ. (Алиса токо екх моло дро джиибэн дыкхья
морё, и ёй патяндэя, сыр бы морё, кай на лэ, дро Англия сы
скэрдо др ада само манера: про морёскиро брэго сы тэрдэ
будки, кай мануша пириурьенапэ тэ джян дро паны, тыкнэ
чяворэ пашо паны ґанавэна канавы дро пяско кашторэнца,
пало пляжо джяла екх улица, кай сы кхэра, савэ про времё
налэна пэскэ притрадэнэ мануша, и кэ концо адая улица
ужэ лыджяла кэ станцыя, кай ла дужакирла поездо.) Нэ
адава морё на сыс чячюно, сыр полэя Алиса. Адава морё
сыс э лужа ясвэндыр, кицы адай Алиса кокори вырундя,
коли ёй сыс трин метры учи.

«Мэ на камам тэ ровав бутыр адякэ бут!» пхэндя Алиса,
коли проплывиндя ангрустяса и на латхья дром ко шуко
штэто. «Адава, ґалёв, сы мири вина. Ґалёв, мэ попэём дро

пэскирэ ясва! Адава нанэ шукар, чячё! Со тэ кэрав, саро джял ададывэс нашукар.»

Др одо миго лакэ пошундяпэ, сыр кон-то пэя дро паны надур латыр, и ёй подплывиндя пашэдыр, собы тэ подыкхэл, кон одова сыс. Екхатыр ёй решындя: одова сыс о кито, или о бегемото, нэ кэ концо ёй зрипирдя: ёй акана сы зоралэс тыкнори. И ёй удыкхья: одова сы Мышо, саво попэя дро лакирэ ясва адакэ жэ, сыр и ёй кокори.

«Нанэ ли мол акана,» подуминдя Алиса, «тэ поракирав лэса? Саро джял бангэс ададывэс, палдава мэ думинав: адалэстыр на скэрэлпэ бари бида, коли мэ и пороспхучява лэстыр.» Алиса лэя тэ пхучел. «О, Мышолэ! Ту на джинэс ли дром адалэ штэтостыр палэ? Мангэ ужэ прихаяпэ тэ плывинав адай. О, Мышолэ!» (Алисакэ здэяпэ: лакиро пхэныбэн сыс мишто, собы тэ ракирэл э Мышоса. Лакэ николи на долыджияпэ тэ ракирэл мышэнца, нэ ёй зрипирдя, со ёй дыкхья дрэ лакирэ пшалэскири грамматика пирэ латинско чиб: «Мышо—мышоскэ—мышос—мышостыр—мышоса—мышостэ—*о, мышолэ!*») А мышо подыкхья прэ латэ адякэ, сыр бы камья тэ пхучел со-то кокоро. Сыкадэя, сыр бы ёв закэрдя про миго екх якхори, нэ на пхэндя ничи.

«Галёв, ёв на полэл амари чиб,» решындя Алиса. «Мэ патяв, адава Мышо сы э Францыятыр. Ёв явья ко амэ, сыр и о Наполеоно Бонапарто (кон закэдэя и схачкирдя Москва пэскирэ халадэнца).» (Мэк Алиса и джиндя бут пирэ история, ёй на сыс зоралэс шукар, коли трэби тэ зрипирэл, со и коли скэрдяпэ.) И Алиса пхучья. «Où est ma chatte?» (Уэ машат?),—одова пхучибэн сыс тэрдо пэрво дрэ лакири книжка пирэ французско чиб. Нэ Мышо выухтя э панестыр, ёв сыкадёлас зоралэс трашано. «Ой, простинэ ман!» годладэя Алиса сыгэс, сыр ёй на камья тэ даравэл чёрорэ Мышос. «Мэ сарэса забистэрдём, тумарэ на камэн мыцэн.»

«Амэ на камас!?» Мышо дэя годла э санэ трашанэ глосяса. «А ту прэ миро штэто камьян бы лэн?»

«Чячё, мэ на камьём бы лэн, аи!» пхэндя Алиса сыгэс. «Забистыр адава. Простинэ! Нэ мэ камьём бы тэ сыкавав тукэ амарэ мыца Дина. Мэ патяв, ту покамэса Дина и сарэн мыцэн. Трэби токо, собы ту подыкхьяппэ ласа екх молыцо. Ёй сы дасави лачинько,» Алиса ракирдя дурыдыр, попаш сыр бы пэскэ, пока ёй тихэс плывиндя пирэ ясва ангрустэнца. «И ёй бэшэл пашо бов и адякэ гудлэс мурчинэл. Жужакирэл пэскирэ гэра и морэл пэскиро муй. И ёй сы ковлы, сыр порныца. И ёй сы бари муршны тэ ухтылл мышэн… ой, простинэ ман!» годладэя Алиса сыго нэвэс, сыр чёроро Мышо сыс сарэса парудо: лэскирэ бала сыс тэрдэ дыбоса и сыс дыкхно, сыр зоралэс лэс зачиладэ адалэ Алисакирэ лава. «Мишто! Амэ на ласа тэ ракирас палэ Динатэ бутыр, коли адава тукэ нанэ пиро ди.»

«Амэ? Чячё!» годладэя Мышо нэвэс, ёв тринскирдяпэ сарэ масэса жыко лэскирэ порьякиро кончико. «Сыр мэ можынав тэ ракирав палэ дасаво кошмаро?! Амарэ, саро амаро родо, сы дрэ *холы*, палдава сыр амэ дакицы биды заханэ пирдал сарэ мыцэндэ: кирно, армандэно, подло родо! Нашты мангэ даже тэ шунав само одолэнгэро лав!»

«Мэ на лава тэ пхэнав бутыр,» пхэндя Алиса ковлэс—и сыгэс пирипарудя тема ракирибнаскири. «Сыр тукэ пиро ди... эээ... джюклорэ?» Нэ Мышо на пхэндя ничи, и Алиса ракирдя дурэдыр хачкирдэс. «Паш амаро кхэр сы екх тыкно джюклоро, мэ камьём бы тэ сыкавав лэс тукэ! Лэскирэ якхорья хачён, лэскирэ бала сы скрэнцындлэ дрэ кудрицы! Ёв шукар ухтылла кашторэ, сыр лэскэ чюрдэса, и ёв бэшэл тэлэ и вымангэл пэскэ хабэн, и ёв джинэл тэ кэрэл бут разна штуки—мэ на зрипирава и епаш—и лэскиро хулай сы екх гаджё, кон залэяпэ прэ пхув, полэс, и ёв пхэндя, адава джюкэл сы лэскэ мол шэл мардэ! Лэскиро хулай пхэндя, ёв кхэрэ потасакирдя сарэн крысэн и... Дэвла!» годладэя Алиса, сыр бы мангэла тэ простинэл ла. «Мэ накамй, адава зачиладя тут нэвэс?» Нэ Мышо ужэ плывиндя э Алисатыр подурэдыр, адякэ сыгэс, сыр можындя, токо волны гэнэ пиро паны.

Алиса покхардя лэс гудлэс. «Мышо, лачинько! Рисёв кэ мэ, амэ на ласа бутыр тэ ракирас палэ мыцэндэ, палэ джюклэндэ, сыр адава тукэ адякэ нанэ пиро ило!» Коли Мышо пошундя адава, ёв розрисия и поплывиндя палэ кэ

Алиса: лэскиро муй сыс парно (ёв сы дрэ холы, полэя Алиса), и ёв пхэндя э тхулэ тринскирдэ глосяса. «Авэн! Джясам ко брэго, и мэ роспхэнав тукэ сари мири история, и ту полэса, палсо мандэ сы дасави холы прэ мыцэндэ и прэ джюклэндэ.»

Явья само времё тэ выджян адатыр, палдава сыр саро паны сыс ужэ пхэрдо разнонэ джинэнца, одой сыс и чириклэ и звери, кицы попэнэ андрэ: одой скэдэнэпэ екх Утка и екх пхуроро чирикло Додо, и Попугаё и Орлыцо, и бут ваврэ дивна джидэ дженэ. Алиса гэя криг пэрво, и сарэ порисинэ ко брэго палэ латэ.

## ШЭРО III

# Прастаибэн Ангрустяса и Баро Роспхэныбэн

Ёнэ сарэ стходэ екх дивно компания, скэдэны про брэго: чириклэ уштякирдэ порэнца, эвери киндякирдэ балэнца,—сарэндэ на сыс екх шуко тхаворо прэ лэндэ, сарэндыр паны тхадэя тэлэ, сарэ сыс скурчиндлэ шылалыпнастыр.

Пэрво, со трэби сыс лэнгэ тэ скэрэн, сыр-то тэ вышутён: ёнэ поракирэнас пал адава, и пирдал трин минуты Алисакэ ужэ здэяпэ сарэса нормальнэс тэ ракирэл кажнонэса, сыр э пхурэ джиндлэса, сыр бы ёнэ пролыджинэ саро лэнгиро джиибэн кхэтанэ. Адякэ, ёй бут и хачкирдэс спориндя э Попугаёса, кон кэ концо пхутия, сыр рай, и прилэяпэ тэ повторинэл. «Мэ сом пхурэдыр тутыр, мэ джином фэдыр тутыр.» Нэ Алиса на здэя пэс адякэ простэс, ёй камья тэ джинэл, кицы лэскэ бэрш, нэ, сыр Попугаё на пхэнэлас пэскиро веко, лакэ на сыс ужэ пал со тэ ракирэл лэса дурэдыр.

Кэ концо Мышо, кон сыкадэя сыр бы о авторитето машкир зверендэ, покхардя сарэн. «Авэн, бэшэнти тэлэ сарэ адай и шунэнти ман! Мэ шутькирава тумэн *сыгэс* и шукар!» Ёнэ сарэ розбэшлэпэ дрэ бари ангрусты, и токо Мышо сыс тэрдо дро цэнтро. Алиса дыкхья прэ лэстэ и дужакирдя, со явэла. Ёй полэя, коли ёй екхатыр на вышутькирла, ёй сыгэс прошылякирлапэ и зоралэс занасвалёла.

«Э-хэ-хэм!» пхэндя Мышо э тхулэ райканэ глосяса. «Сарэ шунэн? Одова явэла само щуки штука про свэто, сави мэ джином,—уроко. Штылыпэн! Сарэн мангав! „Романо джиибэн дрэ пураны Европа сыс пхаро. Мария Тэрэзия, венгерско кралица, камья екхатыр тэ уничтожынэл романо фэлдытко джиибэн. Исыс вымэкло обязательно распоряжэниё, пир саво запхэндло сыс романэ чявэскэ тэ лэл палором романэ чя. Адава распоряжэниё ракирлас, собы романэ чявэндыр тэ откэдэн…"»

«У-ву-вуй!» пхэндя Попугаё дрэ издраны.

«Простинэ ман, мангав?» пхучья Мышо, мэк э холямэ муеса, нэ э гудлэ глосяса. «Со пхэндян?»

«Мэ—нат!» отпхэндя Попугаё сыгэс.

«Мангэ здэяпэ: ту со-то пхэндян?» пхучья Мышо. «Мишто! Мэ джява дурэдыр. "…тэ откэдэн тыкнэ чяворэн и тэ отдэн лэн прэ воспитаниё ваврэ манушэнгэ. Кралица налатхья адава…"»

«Налатхья *со*?» пхучья Утка.

«Налатхья *а-да-ва*,» Мышо повториндя и додэя сыгэс. «Тумэ кокорэ полэна, со сы „адава"?»

«Мэ джином шукар, со сы „адава", коли мэ кокори налатхава „адава",» пиримардя лэс Утка. «Нормальнэс адава сы э жамба или о кирмо. Мэ пхучяв, со налатхья тумари кралица? Э жамба или о кирмо?»

Нэ Мышо на отпхэндя ничи прэ лакиро пхучибэн, а сыгякирдя дурэдыр, «„… налатхья дасаво дром, соб тэ хаськирэл романы чиб и дажэ кхарибэн *ром* кхэтанэ, ёй на домэкэлас ромэнгэ тэ ракирэн романэ чибаса и затховэлас лэн, соб ёнэ сыс сыкадэнэ дрэ лыла, сыр *нэвэ мадьяры* или *нэвэ гавитка*; сарэ ёнэ сыс припхандлэ ко гава…" Сыр ту шутёс, мири лачинько?» пхучья Мышо Алисатыр.

«Мангэ нанэ фэдыр. На сом саекх шуки,» отпхэндя Алиса дрэ бари меланхолия. «Здэлапэ мангэ, адава тыро уроко сарэса на шутькирла ман.»

«Дрэ дава моло…» пхэндя Додо пхутькирдэс и уштэя про гэра. «Дрэ адава моло, мрэ патывалэ раялэ, пирдало баро форсмажоро, саво сыкадэя дрэ актуально ситуацыя, мэ пролыджява резолюцыя одолэ дромэса, собы тэ розмэкас амаро учё скэдэибэн и тэ прилас екх бутыр радикально методо…»

«Ракир прэ манушытко чиб!» отпхэндя Орлыцо. «Мэ на полава и пропаш адалэ барэ и дивнэс стходэ лава! Мэ пхэнав бутэдыр, мэ патяв: ту и кокоро-то на полэян, со пхэндян амэнгэ акана!» И Орлыцо кэрдя поклоно, собы тэ згаравэл пэскиро шутло сабэн: бут чириклэ акадякэ ж прилэнэпэ тихэс тэ сан.

«Со мэ скэдэёмпэ тэ пхэнав,» тырдэя дурэдыр Додо э пхарэ глосяса, «адава исы само фэдыдыр собы амэнгэ тэ вышуть-кираспэ? Адава явэла прастаибэн ангрустяса.»

«Со за прастаибэн ангрустяса?» попхучья Алиса; на палодова, сыр дриван камья тэ джинэл, нэ паладава, сыр Додо кэрдя дасави бари пауза, сыр бы дужакирдя, собы *конто* тэ пхучел лэстыр, нэ сарэ ваврэ на откэрэнас вушта.

«Нэ-э,» пхэндя ёв, «само фэдыдыр дром, собы со-то тэ лас дро толко исы тэ зумавас тэ скэрас адава!» (И коли тукэ явэла пиро ди тэ скхэлэс др ада прастаибэн, мэк дрэ саво-наяви зымакиро дывэс, мэ роспхэнава тукэ, сыр дасаво кэрдя Додо.)

Пэрво, со трэби тэ скэрэс, сы екх дром, кай прастана. Одова сы ангрусты («мэк форма и на кхэлла нисави роль,» пхэндя ёв), и сарэ сы тэрдэ дрэ ангрусты одой и адай. Нисаво старто нанэ, и нанэ «Екх, дуй, трин, авэн!», нэ кажно лэла тэ прастал, кай камэл, коли камэл, кицы камэл, палдава никон на джинэл, коли саро закончинэлапэ. Нэ коли сарэ покхэлдэ пашмардо или бутыр и шукар вышутькирдэ, Додо екхатыр дэя команда. «Кхэлыбэн скончиндяпэ!» и сарэ скэдэнэпэ пашэ лэстэ, пхарэс запхурдэнэ и пхучлэ. «Кон сыс про пэрво штэто?»

Адава пхучибэн сыс пхаро вашэ Додоскэ, и ёв задуминдяпэ пхарэс. Дриван пхарэс! Ёв прэ пашмардо ятя тэрдо э пальцоса про накх, машкир якха (адякэ и Шэкспиро кэрдя, коли лэскэ пригэяпэ тэ подуминэл зоралэс, сыр патриня сыкавэна лэс амэнгэ сарэ чячипнаса). Сарэ дужакирнас дро штылыпэн. Кэ концо Додо вылыджия:

«*Сарэ* сыс ададывэс про пэрво штэто, *кажно* выкхэлдя призо.»

«Нэ кон лэла тэ роздэл призы?» сарэ ваврэ загодладэнэ екхатыр.

«Нэ *ёй*, полэно,» пхэндя Додо, и сыкадя прэ Алисатэ э пальцоса. Сари компания сыгэс скэдэяпэ пашэдыр кэ Алиса, и ёнэ ґаздэнэ годла дриван зоралэс. «Призы! Призы!»

Алиса на полэлас, со жэ лакэ тэ кэрэл. Сарэса рознашады, ёй тходя васт дрэ кисык и налатхья андрэ екх пакето ириски (прэ бахт лондэно паны лакирэ ясвэндыр на хаськирдя лэн), и роздэя призы сарэнгэ. Кажно дорэстя екх.

«Нэ лакэ кокорьякэ тожэ трэби тэ дас екх призо,» пхэндя Мышо.

«Чячё!» пхэндя Додо э тхулэ глосяса. «Со сы тутэ ячно дрэ кисык?» пхучья ёв э Алисатыр, обрисино кэ ёй.

«Токо напёрско,» отпхэндя Алиса.

«Дэ мангэ,» припэндя ёв лакэ.

И сари компания дуйто моло скэдэяпэ пашэдыр кэ Алиса, и Додо, пхутькирдо, сыр рай, пиридэя лакэ дро васт палэ лакиро напёрско, ракири. «Кэр амэнгэ патив и прилэ, мангас тут сарэ дёса, адава модно напёрско сыр подарко амэндыр сарэндыр.» И коли ёв кончиндя пэскиро выпхэныбэн, сарэ лынэ тэ поздровинэн ла екх палэ екхэстэ сабнаса и татэ лавэнца.

Алиса подуминдя: саро свэнко сыс баро дылныпэн, нэ сарэ рикирдэ пэс адасавэ патываса! И ёй полэя: лакэ нашты тэ сал; нэ сыр лакэ ничи на явья дро шэро, ёй ничи и на пхэндя, а токо отдэя поклоно и прилэя напёрско, и рикирдя свэнкоскиро и бахтало муй, сыр сарэ ваврэ дрэ компания.

Дурэдыр сарэ залэнэпэ тэ зумавэн ириски. Адалэстыр скэрдяпэ бари годла, гвалто и конфузия: коли барэ чириклэ на можындлэ тэ роззумавэн дасаво тыкныпэн, тыкнорэ чириклорэ на джиндлэ сыр тэ схан пэскирэ призы, ёнэ тасакирдэпэ, и Алиса мардя лэн вастэса пиро думо. Нэ, кэ концо, адава саро кое-сыр стходяпэ, и сари компания розбэстяпэ дрэ ангрусты и прилэяпэ тэ мангэл э Мышостыр тэ роспхэнэл лэнгэ со-то.

«Ту скэдэянпэ тэ роспхэнэс мангэ сари тыри история,» пхэндя Алиса, «и палсо ту дякэ на пирилыджяс… М. и Дж.,» пхучья Алиса тихэс, наками тэ зачилавэл э Мышос бутыр.

«Сыр пхари, закхуды сы мири история!» пхэндя Мышо, порисия муеса кэ Алиса и дэя ґондя.

«Адава история сы длэнго, сыр пори, чячё,» пхэндя Алиса, сыр лакэ пошундяпэ на «пхари, закхуды», нэ токо «пори закхуды», и подыкхья тэлэ прэ Мышоскири пори. «Нэ палсо ту пэскири пори накхардян закхуды?» И Алиса зоралэс задуминдяпэ прэ адава секрето, коли Мышо роспхэнэлас, и дрэ дуй лава лэскири история сыс, ґалёв, адасави:—

«Дзарало
  э мышоскэ
    Накхудя,
      ґалёв соскэ:
        „Нэ, авэн!
          Роскэдаса!
            Со одой
              ту збагаса?
            Приянав
              тут ко
              сэндо.
            Сыр пха-
          ро миро
        рэндо!“
      Чёроро
      э годяса:
      „Сыр амэ
      роскэдаса?
      Кэрав
        тукэ
          поклоно,
            трэби
              пиро
                законо!
                  Кай
                  сарэнгэ
                  пхэнава,
                чячипэн
                сыка-
              вава?“
            „Сом
          о рай,
        о сэн-
        дари,
        По-
        лэян
          ту,
            злы-
              дари,
                Коко-
                  ро
                  рос-
                    кэ-
                  дава
                и,
              ґалёв,
            мэ
        тут
      схава!“

«Ту на шунэс ман!» пхэндя Мышо Алисакэ э холяса. «Пал
со ту думинэс?»

«Простинэ ман,» пхэндя кандэны Алиса. «Ту роспхэнэс акана про панджто крэнцыбэн о порьякиро, мэ можынав тэ додав?»

«Нат, на додэ! Авэн, злэ!» годладэя Мышо э санэ холямэ глосяса.

«О вэнзлы?» пирипхучья трашаны Алиса, кон сыс радо тэ поможынэл кажнонэскэ. «Ничи, мэ поможынава!» и прилэяпэ тэ родэл прэ пори, кай трэби тэ роспхандэл о вэнзлы.

«Ничи на трэби, Дэвла!» пхэндя Мышо, уштэя про ґэра и гэя криг. «Тырэ лава зоралэс зачиладэ ман, сыр ту пхэндян дасаво дылныпэн!»

«Мэ наками!» пхэндя лэскэ чёрори Алиса. «Нэ ту кокоро сан дасаво нежно, пашлав—и ту сан зачиладо, полэс!»

Нэ Мышо ничи на пхэндя, токо длэнгэс дэя ґондя.

«Мангав, рисёв палэ, кончинэ тыри история!» кхардя лэс Алиса. И сарэ ваврэ лынэ тэ кхарэн лэс кхэтанэ. «Аи, мангас! Мангас!» Нэ Мышо токо крэнцындя э шэрэса пхутькирдэс и гэя криг сыгэдыр.

«Сави бида! Ёв гэя амэндыр, тэ пхэнав чячё!» спхурдэя Попугаё, сыр Мышо сарэса нашадэя э якхэндыр. И пхури Крабица прэ адава примеро прилэяпэ тэ сыклякирэл пэскирэ чя. «Ай, мири совнакуны! Одова тукэ примеро, палсо трэби тэ зрикирэс *тыри* эмоцыи!»

«Даю! Запхандэ тыро муй, Даю!» отпхэндя тэрны Крабица пирдало данда. «Даю! Ту можынэл и улитка тэ вылыджял пэстыр, Даю!»

«Мангэ камэлпэ, собы Дина явья адай манца!» пхэндя Алиса э барэ глосяса, нэ на обрисяпэ конкретнэс никонэскэ. «*Ёй бы* сыгэс прияндя лэс ко амэн палэ!»

«И кон сы адая Дина? Коли тыри ковлыпэн явэла дасаво учё, ту мангэ закамэса тэ отпхэнэс прэ миро пхучибэн!» откэрдя вушта Попугаё.

Алиса отпхэндя сыгэс, палдава сыр лакэ сы пиро ди тэ роспхэнэл палэ пэскирэ мыцатэ. «Дина сы амари мыца. И ёй сы бари муршны тэ ухтылл э мышэн, тумэ на патян! А сави муршны ёй сы тэ ухтылл чириклэн! Мэ камам, соб тумэ подыкхэна, сыр ёй кэрла адава! Чячё! Ту на полэса, сыр сыгэс ёй хала лэн. Э якхаса на ухтылэс!»

Адава пхэныбэн зоралэс натрашадя сари компания. Конто екхатыр заскэдэяпэ тэ урнял подурэдыр: екх пхури Сорока чудя прэ пэстэ баро пурано дыкхло и пхэндя. «Трэби мангэ сыго кхэрэ тэ джял: ада рат сы шылалы, миро кирло насвалёла!» И Канарейка э издранэ глосяса скхарлас сари пэскири семья. «Явэнти кэ мэ, мирэ лаче! Сы времё тэ джян тумэнгэ прэ чюибэна тэ совэн!» Тэлэ разна отпхэныбэна сарэ розгэнэпэ, и Алиса сыго ятя чюрдэны кокори.

«Мэ на камьём тэ зрипирав э Дина!» пхэндя ёй пэскэ дрэ бари меланхолия. «Галёв адай никон на камэл ла, мэк мэ и патяв: ёй сы само найфэдыр мыца про саро свэто! Ой, мири гудлори Дина! На джином, дыкхава ли тут коли-наяви мэк екх молыцо!» И чёрори Алиса прилэяпэ тэ ровэл нэвэс, сыр ёй зрипирдя: ёй сыс адай кокори-екхджины, чюрдэны про свэто и би-зорьякири. Пэ пирдал екх чясыцо лакэ нэвэс пошундяпэ дурал, сыр бы псирнас тыкнэ гэра, и ёй дыкхья сарэ зорьяса, палдава сыр дужакирдя э Мышос, кон, сыр ёй галэя, парудя пэскири холы и рисия палэ, соб тэ кончинэл пэскири пхари история.

## ШЭРО IV

# Шошоро Бичядя
# Тыкнэс Биллос Андрэ

Нэ адава сыс одо само Парно Шошоро, саво, прастандуй насыго, рисёлас палэ нэвэс, дыкхья трашано адай и одой, сыр бы нашадя со-то. И Алиса шундя, сыр ёв ракирдя пэскэ. «Ой! Бари-Раны, Бари-Раны! Ой, мирэ чёрорэ ґэрорья! Ох, мири цыпица! Ох, мирэ вэнсыцы! Ёй ман хаськирэла, адава сы чячё, сыр джюклэ сы джюклэ! Кай мэ адава саро *можындём* тэ нашавав? Мэрав тэ джином!» Алиса зґалэя дро миго: ёв родэлас пэскиро вееро и пара санэ парнэ вастытка. И ёй сарэса машынальнэс лыя тэ дыкхэл, кай ёнэ гарадэнэ, нэ лэн на сыс дыкно никай— и бутыр одолэстыр: саро дрэ адава штэто сыс спарудо одолэ поратыр, коли Алиса плывинэлас адай дрэ ясва: и одо баро зало, кай сыс тэрдо стеклянно скаминдоро, и одо набаро вудар—акана пропэнэ сарэса.

Дриван сыго Шошоро удыкхья э Алиса, сыр ёй со-то родэлас, и покхардя ла э холямэ глосяса. «Эй, Раклори, ваш со ту *сан* адай? Урня кхэрэ екхатыр, и лыджя мангэ екх пара вастытка и вееро! Нэ-ка, джидэс!» А чёрори Алиса сыс адякэ трашаны. Ей лэя тэ прастал дрэ да боко, кай сыкадя Шошоро, и на ятя тэ роспхэнэл лэскэ, сыр ёв обджиндяпэ.

«Ёв обѓалэяпэ, сыр бы мэ сом лэскири бутярны,» пхэндя ей пэскэ, коли ужэ прасталас. «Саво диво явэла лэскэ, коли ёв уѓалёла, кон мэ сом! Нэ мэ фэдыр янава лэскэ одо вееро и вастытка—коли мэ лэн ваще налатхава.» Коли ей пхэндя адава, ей подъявья ужэ пашо жужо кхэроро, кай про вудар сыс примарды харкуны таблица, и о хуласкиро кхарибэн «П. ШОШОРО» сыс вымардо одой. Ей загэя андрэ, сыр кэ пэ, на помардяпэ дро вудар, и сыгякирдя упрэ пирэ лестница, наками, собы ла тэ удыкхэл одоя чячюны Раклори и тэ протрадэл ла э кхэрэстыр би-веероскиро и би-вастыт-конэнгиро.

«Саво диво сы адава,» думиндя Алиса дрэ пэскиро шэро, «сыр мэ прастава, кай ман бичявэлас и коли ман затховэлас Шошоро! Адякэ доджяла кэ одова, и Дина лэла тэ бичявэл ман кай-на-ками!» И ей лэя тэ думинэл, сыр бы адава кэрэласпэ. «„Ранори Алиса! Яв кэ мэ сыгэс и яч скэдэны тэ джяс, кай мэ тукэ припхэнава!"—„Екх минутыца, мири няня! Нэ мэ акана сом залымо: дыкхав палэ мышэнгири нора, сыр Дина мангэ дэя команда пэрво, ей сыго рисёла, а мэ пока на дава э мышакэ тэ нашэл аври." Нэ мэ на думинав,» пхэндя пэскэ Алиса, «сыр бы амарэ лэнас тэ кандэн э Дина, коли бы ей лэя тэ выкэрэлпэ, сыр бари раны, ѓалёв, ёнэ бы ла протрадэлас э кхэрэстыр!»

Др одо миго ей прокэдэяпэ дро тыкно и жужо кабинето, кай пашэ фэнштра сыс тэрдо екх скаминд. Упрал сыс (сыр ей и дужакирдя) и вееро и дуй-трин пары набарэ парнэ вастытка: ей лэя вееро и екх пара вастытка и скэдэяпэ тэ рисёл, коли лакэ прэ якха попэяпэ екх бутылкица, сави сыс тходы пашо трюмо. Прэ да моло кэ бутылка на сыс пхандло нисаво лылоро, кай бы тэрдо «ПИ МАН!», нэ саекх ей откэрдя ла и подъяндя ко вушта. «Мэ джином: *со-то* интересно явэла адалэстыр,» ёй пхэндя дрэ пэскиро шэро, «коли мэ со-то хава или пьява, со-то кэрэлапэ: мэ камам тэ подыкхав, со джинэл тэ кэрэл адая бутылкица. Мэ дужакирава, мэ лава тэ барьёвав палэ, сыр мэ сом ужэ кхины адалэ мирэ тыкныпнастыр!»

Адава и скэрдяпэ адякэ, нэ дажэ сыгэдыр, сыр ёй дужакирдя: токо ёй отпия набутка э бутылкатыр, лакиро шэро ужэ втасакирдяпэ дрэ крыша, и ёй на пия бутыр, собы тэ на пхагир пэскири стасады мэн. Ёй сыго чюдя бутылкица про скаминд и пхэндя пэскэ э годяса. «Адякэ ужэ ухтылла. Дужакирава, мэ на лава тэ барьёвав бутыр. Сыр адякэ, мэ на зможындём тэ выкэдавпэ аври. Мэ на камам тэ пьяв бутэдыр, сыр трэби!»

Нэ акэ! Ужэ сыс познэс лакэ тэ чюрдэл пибэн! Ёй барьёлас и барьёлас, дурэдыр и дурэдыр, и дриван сыгэс ужэ бэстя прэ чянга скурчиндлы бангэс: екх миго—и ужэ латэ на ухтылла штэто тэ бэшэл, и ёй сыс пашлы, екх васт ко вудар, а вавир—банкирдо палэ мэн. Саекх ёй лэя тэ барьёл дурэдыр, нанэ со тэ кэрэл, ёй вытходя екх васт дрэ фэнштра, а екх ґэрой чюдя дро камино, и пхэндя пэскэ. «Бутыр мэ на можынав тэ кэрав ничи, мэк явэла со явэла. Саво барипэн *мэ* дорэсава?»

Прэ бахт э Алисакири, чюдэнгиро пибэн кончиндя тэ кэрэл, и ёй на барьёлас бутэдыр: саекх латэ сыс дриван нашукар—ёй сыс стасады и на джиндя, сыр тэ выкэдэлпэ аври адалэ штэтостыр. Ёй сарэса на сыс радо адалэстыр.

«Сыр шукар сы акана кхэрэ,» думиндя чёрори Алиса, «одой ту на пирипарувэспэ учедыр и тыкнэдыр, и разна мышы и шошорэ на затховэна тут тэ кэрэс бутя. Мэ ужэ кокори на сом радо: палсо мэ закэдыёмпэ дрэ Шошорэскиро кхэр—нэ саекх—адава сыс, ґалёв, дякэ интересно, полэ ман, дасаво нэво джиибэн! Мангэ камьяпэ тэ уджином, со *можында* тэ кэрэлпэ манца! Коли мэ гиндём дрэ книжки разна фантазии, мэ патяндэём: манца дасаво николи на скэрэлапэ, и акана мэ кокори попэём дрэ дасави фантазия андрэ! Трэби тумэнгэ тэ стховэн екх лачи книжка палэ мандэ, трэби! И мэ кокори лава тэ стховав адасави книжка, коли выбарьёвава, нэ мэ ужэ сом выбарины акана,» ёй додэя и спхурдэя э тугаса. «Саек *адай* мангэ нанэ штэто тэ барьякирав дурэдыр.»

«Нэ со ж,» думиндя Алиса, «мэ *николи* на парувавапэ, на пхурьёвава? Одова явэла бахт, николи тэ на явэл пхури джювлы. Нэ сы вавир проблема, мэ николи на кончинава тэ кэрав уроки! Нат! Мэ на камам *адякэ!*»

«Ах, ту на сан годьвари, Алиса!» ёй отпхэндя пэскэ. «Сыр адай тэ кэрэс уроки? Адай нанэ штэто ваш *тукэ*, и кай ту ростховэса книжки?»

И адякэ ёй спориндя пэса кокорьяса, англэдыр ёй подрикирдя екхэ Алиса дрэ пэстэ, а дурэдыр—э ваврэ, и дякэ скэрдяпэ шукар розракирибэн; нэ пирдал трин-штар минуты ёй ушундя, сыр роздэяпэ сави-то глос пашо кхэр, и пришундяпэ.

«Раклори! Раклори!» кхардя да глос. «Дэ мангэ мрэ вастытка екхатыр!» Дурэдыр пошундяпэ, сыр бы кон-то ґаздэяпэ пирэ лестница. Алиса джиндя: адава сыс Шошоро, ёв родэлас ла. И ёй затринскирдяпэ дякэ зоралэс! Кхэтанэ затринскирдяпэ саро кхэр. Мэк Алиса и забистэрдя, нэ акана ёй сыс бут-бут молы зоралэдыр Шошорэстыр, и лакэ на сыс ничи лэстыр тэ дарэл.

Акэ Шошоро явья ко вудар, и зумадя тэ откэрэл; нэ, сыр вудар откэрэлпэ андрэ и Алиса рикирдя лэс э вастэса, Шошоро токо ивья нашадя пэскри зор. Алиса шундя, сыр ёв пхэндя пэскэ. «Позумавава пирдалэ фэнштра.»

«Нанэ тыри бахт дрэ *одова*!» думиндя Алиса, и, сыр шундя э Шошорэс, кон псирдя тэлэ фэнштра, ёй екхатыр махиндя э вастэса и надыкхи попэя дрэ со-то. Ёй на ухтылдя ничи, нэ пошундяпэ назоралы годла и пэрибэн, и сыр бы пхагирдяпэ екх фэнштра тэлэ, прэ пхув. Одолэ сарэстыр ёй

40

отт'алэя: чёроро Шошоро спэя прэ пэскири теплица, или прэ со-то одолэ родостыр.

Одотыр кэ ёй доурняндэя холямы глос, э Шошорэскири. «Пэр! Пэр! Кай ту сан?» И екхатыр роздэяпэ глос, сави ёй николи на шундя англэдыр. «Галыно, мэ сом адай! Ганавав пхаба, Тумари Патыв!»

«Ганавэс пхаба, чячё!» пхэндя Шошоро холяса. «Акана жэ! Яв и поможынэ мангэ тэ выкэдавпэ *аври!*» (Нэвэс шундло тэлал, сыр пхагирдэпэ фэнштры.)

«Акана пхэн мангэ, Пэр, со исы одой дрэ кхэрэскири фэнштра упрал?»

«Галыно, одова сы екх васт, Тумари Патыв!» (Ёв выпхэндя «Пакив».)

«О васт? Ту бакро! Кон дыкхья дасаво барипэн? Васт, прэ сари фэнштра!»

«Галыно, прэ сари, Тумари Патыв: нэ одова сы васт, нанэ со тэ кэрас.»

«Мишто, одолэ вастэстыр одой нанэ толко, сарэса: джя и вычюв одо криг екхатыр!»

Ада ракирибэн скончиндяпэ, и сыс прэ минутыца пхэрдо штылыпэн. Алиса на шундя ничи сарэса, дажэ никон на шэпчиндяпэ, и дурэдыр нэвэс роздэяпэ. «Галыно, нанэ мангэ пиро ди, Тумари Патыв, сарэса, сарэса!»—«Кэр, со мэ тукэ пхэндём, состыр дарэс!»—и др одо миго Алиса махиндя э вастэса дуйто моло и зумадя тэ ухтылл одо наджиндлы глос. Екхатыр роздэнэпэ *дуй* годлыцы, и бутыр фэнштры попхадинэ прэ пхув. «Кицы фэнштры сыс лэстэ дрэ теплица?!» думиндя Алиса. «Мэрав тэ джином, со ёнэ лэна тэ кэрэн дурэдыр! Сыр вытырдэна ман э фэнштратыр? Мэ камам, собы лэнгэ *удэяпэ!* Мэ патяв, нанэ *мангэ* ужэ пиро ило тэ бэшав адай дурэдыр!»

Ёй подужакирдя набутка, на сыс шундло ничи бутыр: нэ дурэдыр роздэяпэ шумо, сыр бы кон-то лыджия вастытко урдэноро, и годлы бутэ манушэндыр, савэ сарэ ракирнас, и никон на шунэлас екх ваврэс: ёй роскэдэя лава. «Кай сы дуйто лестница?—Нанэ, мандэ сы токо екх. Нэ, Биллостэ сыс вавир.—Билло! Лыджя тыри лестница, морэ!—Тхов адай про вэнгло.—Нат, спхандэнти лэн дуен кхэтанэ.—Собы тэ дорэсэн прэ саро учипэн.—Ах, ёнэ дорэсэна мишто. Нанэ со тэ пхэнэс.—Адай, Билло! Рикир ада шэло.—Сы ада крыша зоралы?—Дарэс, пхадёла?—Ах, одоя сы пхадины! Пэно! Ракхэнти пэскирэ шэрэ, мануша!» (Ба-бах!)—«Акана, кон одова скэрдя?—Адава сыс Билло, патяв.—Конэс бичяваса дро камино?—Нат, *мангэ* нашты! *Ту* джяса!—*Адава* мэ на джином!—Билло, джя андрэ дро камино.—Адай, Билло! О хулай пхэндя, ту джяса дро камино! Саро!»

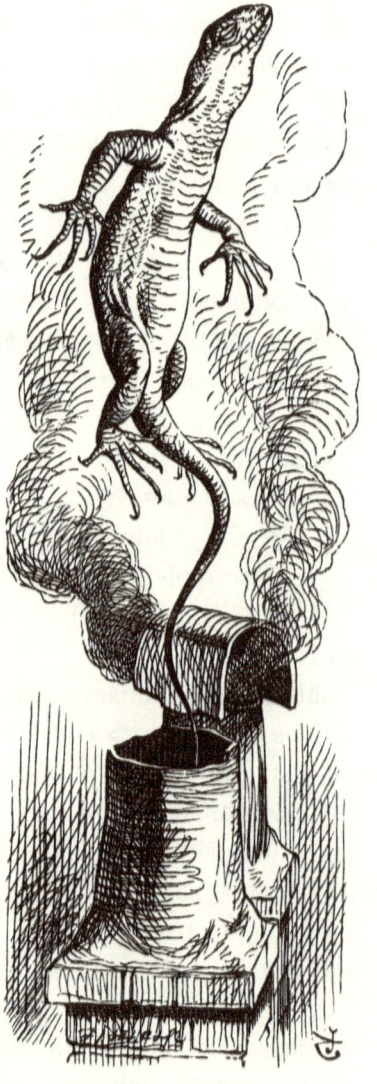

«Ах! Чёроро Билло джяла упрал дро камино?» пхэндя Алиса пэскэ. «Палсо ёнэ сарэ затховэн Биллос тэ кэрэл сарэ пхарипэна! Мэ на камам тэ явав про Биллоскиро штэто ни пал со: камино нанэ буґло, нэ мэ, сыр-наяви, *патяв*, вымарава лэс мишто ґэраса аври!»

Ёй вытырдэя лакири ґэрой подурэдыр дро камино, карик можындя, и подужакирдя, пока на ушундя, сыр кон-то джидо (ёй на джиндя, саво джено одова сыс) лэя тэ шуминэл дро камино надур латыр. Ёй пхэндя пэскэ. «Адава сы Билло.» И мардя екхэ ѓэраса сыгэс и зоралэс; подужакирдя, собы тэ полэл, со явэла дурэдыр.

Пэрво, со ёй ушундя, сыс сарэнгиро хоро. «Одой амаро Билло урнял!» Дурэдыр—Шошорэскири глос, соло. «Ухтыл лэс, ту, пашэ бар!» и пэя штылыпэн. Сыго нэвэс ѓаздэяпэ шумо, сарэ ракирнас. «Подрикир лэкиро шэро.—Бравинта адай.—На затасакир лэс.—Сыр ту сан, морэ? Со тукэ скэрдяпэ? Пхэн амэнгэ саро!»

Дурал доурняндэя назоралы насвалы глос («Адава сы Билло,» подуминдя Алиса). «Мишто, мэ, гин, ничи на джином. На бутыр, паликэрав тукэ; мангэ фэдыр акана… нэ сом набут кхинякирдо тэ роспхэнав саро тумэнгэ. Саро, со мэ джином: со-то дэя ман тэлал, сыр пружына, и мэ выурняндыём э каминостыр, сыр ракета!»

«Акадякэ ту урняндэян, морэ!» пхэндлэ сарэ.

«Амэ решындям тэ схачкирас миро кхэр!» пхэндя Шошорэскири глос. И Алиса дэя годла сарэ зорьендыр. «Коли захачкирэна, тумэн мири Дина затасакирла!»

Пэя екхатыр муло штылыпэн, и Алиса думиндя дрэ пэскиро шэро. «Мэрав тэ джином, со скэдэнапэ тэ кэрэн дурэдыр! Сыр лэндэ сы набут годы, срискирна крыша аври.» Прогэя екх минута или дуй, ёнэ лэнэ тэ шуминэл нэвэс, и Алиса шундя, сыр Шошоро пхэндя. «Екх урдэноро ухтылла. Нэ, трэби тэ приласпэ палэ буты!»

«Екх урдэноро *соса?*» думиндя Алиса. Нэ дрэ вавир миго екх пхэрды лопата тыкнэ барорэ заурняндэя дрэ фэнштра, и кицы-то попэя э Алисакэ ко муй. «Мэ кэрава адалэскэ концо,» ёй пхэндя дрэ пэскиро шэро, и годладэя пирдалэ фэнштра. «Тумэ фэдыр на кэрэнти адава бутыр!» и прэ пхув нэвэс запэя муло штылыпэн.

Алиса удыкхья: барорэ сарэ спарудёнас дрэ тыкнэ марорэ, коли пэнэ тэлэ. Лакэ адава здэяпэ дивно, нэ екх нэви идея захачия латэ дро шэро. «Коли мэ схава екх бароро-марорэ,»

ёй думиндя, «одова *сыр-то* спарувэла миро учипэн. Нэ мэ
сом дасави бари, барэдыр ужэ нашты, мэ патяв. Думинав,
екх мароро скэрэла ман набут тыкнэдыр.»

Адякэ ёй схая екх мароро, и сыс радо, коли удыкхья: ёй
лэя тэ тыкнёл екхатыр. Сыго ёй сыс ужэ тыкны и локхэс
прогэя пирдало вудар. Ёй прастандэя э кхэрэстыр и
налатхья чячюно бутыпэн: тыкнэ звери и чириклэ
дужакирнас пашо кхэр. Чёроро тыкно Ящеро, одо Билло,
сыс тэрдо ангил сарэндыр, лэс подрикирдэ тэлэ васта дуй
морёскирэ балычёрэ и дэнэ лэскэ со-то э бутылкатыр. Сарэ
рисинэ кэ Алиса др одо миго, сыр ёй посыкадэя; нэ ёй
прастандэя сарэ зорьяса, сави латэ екхатыр налатхьяпэ, и
сыго пропэя якхэндыр дро баро-баро вэш.

«Пэрво, со лэём бы тэ кэрав,» пхэндя Алиса пэскэ, сыр ёй
попсирдя пиро вэш, «адава сы тэ рисёвав ко пэскиро
чячюно учипэн; и вавир—тэ латхав дром др одо гожо
садыцо. Мэ думинав, адава сы шукар скэрдо плано.» Адава
сыс дриван куч плано, нанэ со тэ пхэнав, и полэно и жужэс
стходо: нэ сыс екх пхарипэн, саво срискирдя саро да плано,
Алисатэ на сыс ни екх идея, сыр лакэ тэ прилэлпэ пало
буты. А сыр ёй обдыкхьяпэ трашаны, тэрды машкир одо вэш
баро, кон-то тыкно дэя годла э джюклэскирэ глосяса. Ёй
ґаздэя лакиро шэро и породэлас якхэнца, кон одой сыс.

Екх баро-баро, нэ дриван тэрноро джюклоро дыкхья прэ
латэ упрал пэскирэ барэ якхэнца, и тырдэя пэскири би-
зорьякири ґэрори кэ ёй, собы тэ чилавэл ла. «Чёроро
тыкноро масоро!» пхэндя Алиса э гудлэ глосяса и зумадя тэ
прикхарэл лэс, нэ лакирэ вушта на кандэнас ла. Ёй ятя
дриван трашаны, сыр подуминдя. «О джюклоро можындя
тэ явэл бокхало, дрэ адая ситуацыя ёв закамэла тэ схал ман,
сыр на родэл э другос, нэ токо хабэн.»

Ёй на думиндя, со кэрдя, сыр ёй ухтылдя тыкно кашторо
и протырдэя э джяклорэскэ: екхатыр джюклоро ухтя упрэ
и барэ радаса лэя тэ традэлпэ пало кашторо, соб тэ покхэлэл

ласа: Алиса гарадэя пало баро кусто, собы джюклоро наками тэ на притасавэл ла, прастандуй; и дрэ дуйто миго ёй сыкадэя ваврэ бокостыр, а джюклоро чюрдэяпэ вавир моло пало кашторо, и пэя и урняндэя упрэ ґэрэнца ангрустяса, соб тэ ухтылл кашторо.

Алиса подуминдя, адава кхэлыбэн здэлпэ про дорэсэибэн э барэ пхарэ грэса. Ёй дыкхья кажно миго, соб тэ на попэрэл лэскэ тэлэ ґэра. Ёй гарадёлас, прасталас адой и адай пало кусто, коли джюклоро лэя тэ ухтылл и чюрдэл кашторо, прастандуй бут молы попашэдыр и подурэдыр, дэя годлы э барэ глосяса и кэ концо пасия дур тэ откхинёл, запхурдэно. Ёв вычюрдэя аври длэнго лолы чиб, и лэскирэ барэ якха сыс прикэрдэ.

Адава сыкадэя Алисакэ лачё миго тэ нашэл криг: ёй подухтяпэ тэ прастал екхатир и прастандэя, кицы ухтыллас зор. Коли ёй затэрдэяпэ зоралэс кхины и запхурдэны, э джюклорэскири глос сарэса нашадэя палал.

«И саекх, саво куч тыкно джюклоро одова сыс!» пхэндя пэскэ Алиса, сыр ёй сыс припашлы прэ лютики тэ откхинёл и обмахиндя пэс э патряса, сыр веероса. «Одова сыс бы дриван шукар, коли бы мэ можындём лэс тэ сыклякирэл, соб ёв тэ явэл сыклякирдо тэ кэрэл сарэ штуки, нэ мангэ трэби тэ выбарьёвав ко чячюно учипэн ваш адава! Дэвла! Мэ сарэса забистэрдём, сыр бы мэ акана тэ выбарьёвав нормальнэс! Сыр адава кэрэлпэ? Думинав, трэби со-то екх или вавир или тэ хав или тэ пьяв; нэ баро пхучибэн „Со?“— ячела.»

Чячё, баро пхучибэн сыс «Со?» Алиса обрисёлас тэ подыкхэл, савэ цвэты и чярья барьёнас пашэ латэ, нэ ёй на латхья ничи, со родэя,—токо одова, со нашты или тэ хал или тэ пьел дрэ лакири ситуацыя. Одой сыс и екх баро грибо, саво сыс тэрдо пашэ латэ, ѓалёв, выбарино жыко ада само учипэн, сыр ёй; и коли ёй подыкхья тэло грибо, и сарэ бокэндыр, и палал, ёй скэдэяпэ тэ породэл, нанэ ли со прэ грибоскири стады.

Ёй вытырдэяпэ поучедыр, и задыкхья про грибо, и лакирэ якха екхатир удыкхнэ пара ваврэскирэ якха. Одова сыс баро синё кирмо. Ёв сыс пашло упрал, стходя пэскирэ васта трушылэса, спокойнэс потырдэлас бари тырдэны (кальяно) и сарэса на сыкавэлас вниманиё кэ Алиса или кэ со-то вавир.

# ШЭРО V

# Кирмэскиро Совето

Кирмо и Алиса дыкхнэ екх прэ ваврэстэ саво-то времё дро штылыпэн: кэ концо Кирмо вылэя тырдэны пэскирэ вуштэндыр и обрисияпэ кэ Алиса э кхинорэ пашсутэ глосяса.

«Кон *ту* сан?» пхучья Кирмо.

Одова на сыс дриван тато начяло вашэ локхо розракирибэн. Алиса отпхэндя, набут трашаны: «Мэ—мэ на можынав тэ полав, мро Рай, акана мэ джином токо, кон мэ *сомас*, коли уштыём ададывэс, нэ мэ думинав, мэ пирипарудэём бут молы одолэ поратыр.»

«Со одова значинэла?» пхэндя Кирмо холямэс. «Ростолкинэ тыри идея!»

«Мэ на можынав тэ роспхэнав *мири* идея, простинэ, мро Рай,» пхэндя Алиса, «коли мэ и кокори бутыр на сом *мири*, полэс?»

«Нат, на полав,» пхэндя Кирмо.

«Простинэ, мэ на можынав тэ ростолкинав адава фэдыр,» отпхэндя дриван ковлэс Алиса, «сыр мэ на можынав тэ полав ман, коли мэ парудэём дрэ кицы бут барипэна и формы дро екх дывэс! Адава дриван сыгэс змарэла ман толкостыр.»

«Адава нанэ адякэ,» пхэндя Кирмо.

«Мишто, ѓалёв, ту на полэян адава пока,» пхэндя Алиса, «нэ коли ту парудёса дрэ куколка—адава явэла дрэ пэскиро времё, ту джинэс—и дурэдыр дрэ бабочка, то мэ дужакирав, ту явэса набут змардо толкостыр, сыр адалэ тыкнэ дивы ту дорэстян?»

«Ничи, сарэса ничи,» пхэндя Кирмо.

«Мишто, ґалёв, *тыро* шэро можынэла тэ думинэл на дякэ,» пхэндя Алиса. «Саекх мэ джином, адава саро сыс дриван дивно ваш *мангэ*.»

«Тукэ!» пхучья Кирмо учипнастыр. «Кон *ту* сан?»

Адякэ ёнэ рисинэ ко пхучибэн, савэстыр начниндлэ розракирибэн. Алиса сыс набут холямы прэ Кирмэскирэ *дриван* шукэ реплики, и ёй вытырдэя пэс и пхэндя, дриван пхарэс. «Мэ думинав, трэби, собы ту пэрво пхэндян мангэ, кон *ту* сан.»

«Соскэ?» пхэндя Кирмо.

Адай сыс вавир нароспхандло пхучибэн; и, сыр Алиса на латхья, соса тэ отпхэнэл мишто, а Кирмо сыкадэя дро *дриван* нашукар настроение, ёй розрисия и гэя криг.

«Яв палэ, рисёв!» Кирмо дэя годла лакэ. «Мандэ сы со-то важно тукэ тэ пхэнав!»

Одова сыкадэя лакэ интересно, и Алиса рисия палэ.

«Яв хуланы прэ тыро настроение,» пхэндя Кирмо.

«Адаса саро?» пхучья Алиса и гарадя пэскири холы, кицы лакэ удэяпэ.

«Нат,» пхэндя Кирмо.

Алиса думиндя, ёй можындя тэ дужакирэл, сыр лакэ саекх нанэ ничи тэ кэрэл, и, ґалёв, Кирмо можынэла тэ роспхэнэл лакэ со-то, саво бутыр мол тэ пошунэл. Панч минуты прогэнэ, Кирмо вымэкэлас тхув, на пхэнэлас ничи; нэ кэ концо ёв роскхудя пэскирэ васта, выляя тырдэны вуштэндыр, и пхэндя. «Акэ сыр, ту патяс: ту парудэян?»

«Дарав тэ пхэнав, аи, мро Рай,» пхэндя Алиса. «Мэ на можынав тэ зрипирав *саро*, сыр можындём ґара,—и мэ саро дром парував миро учипэн, дэш минуты—и мэ паруды!»

«На можынэс тэ рипирэс *со?*» пхучья Кирмо.

«Мишто, мэ зумадём тэ зрипирав „*Мэ сом гожо...*“, нэ саро джяла намишто, начячюнэс!» отпхэндя Алиса э дриван грустнонэ глосяса.

«Повторинэ „*Ту пхуро, Дадо Билл*“,» пхэндя Кирмо.

Алиса стходя пэскирэ васта трушылэса—и лэя тэ ракирэл:—

> «„Ту пхуро, Дадо Билл,“ пхэндя муриш тэрно,
> „Акана трэ бала сы парнэ;
> Соскэ ту про шэро каштэса тэрдо?—
> Ту патяс, ладжяво да нанэ?“

> „Мэ ґара пошундём, да улэла годы,
> Сомас мэ дарано прэ бэрша;
> Акана мэ джином, нанэ ла втходы
> Мангэ,—да пиро ди, нандырша!“

„*Ту пхуро,*" *о чяво выпхучелас палэ,*
  „*Ту тхуло, адалэстыр пхаро;*
*Сыр ту сальто кэрэс э шэрэса палэ,*
  *Мангэ пхэн да секрето баро?*"

„*Мэ ґара макхипэн прэ маса налатхьём,*
  *Адалэстыр мэ сом зорало.*
*Кин ту банка-вавир!*" *пхэндя пхурором,*
  „*И явэса, сыр мэ, бахтало!*"

„Ту пхуро, Дадо Билл, дрэ данда зор нанэ,“
    О тэрно подкэдэлас лава,
„Нэ каґнен прикэдэса локхэс, сыр тэрнэ,—
    Мангэ пхэн, сыр кэрэс адава?»

„Мэ ґара умангавас зорьяса трэ да,
    Адалэстыр мэ сом мурш баро.
Ту адякэ зорьякир три чиб и данда,
    Сыр кэрдём мэ про веко саро.“

„Ту пхуро, Дадо Билл, нэ накхэса ко накх
        Би-вастэнгиро ту рикирэс
О мачё и баро и пхаро акана—
        Сыр тэрнэ на кэрэн дасавэс?“

„Ту пхучесас трин молы, миро чяворо,
        Мэ пхэндём, нэ авэла, пхаро!
Думинэс, мро дывэс нашавава саро,
        Джя Дэвлэса!“ пхэндя о пхуро.»

«Одова нанэ чячюнэс,» пхэндя Кирмо.

«Одова на *сарэса* чячюнэс, мэ дарав,» пхэндя Алиса ковлэс, «савэ-то лава подпарудэнэ.»

«Одова нанэ чячюнэс саро, э начялостыр кэ концо,» пхэндя Кирмо пхарэс; и пэя штылыпэн прэ длэнгэ минуты.

Кирмо лэя пэрво тэ ракирэл.

«Саво барипэн тукэ трэби?» ёв пхучья.

«Ах, мэ на выкэдэём пока,» отпхэндя Алиса сыгэс, «токо мэ на камам тэ парувавпэ адякэ чястэс, ту джинэс.»

«Мэ *на* джином,» пхэндя Кирмо.

Алиса на пхэндя ничи: ёй николи на сыс англэдыр дрэ адая ситуацыя, коли разна думы адякэ хачкирдэс мешынэнпэ дрэ лакиро шэро, и ёй полэя: ёй нашавэлас пэскиро настроениё.

«Ту сан довольно акана?» пхучья Кирмо.

«Мишто, мэ камам *набут* учедыр тэ выбарьёв, мро Рай, коли бы адава удэяпэ,» пхэндя Алиса. «Ефта сантиметры сы дасаво ладжякирдо учипэн ваш мангэ.»

«Состыр, адава сы дриван лачё учипэн, чячё!» пхэндя Кирмо холяса и вытырдэя пэс др одо само времё (адякэ сыр ёв сыс сыр-моло ефта сантиметры дро учипэн).

«Нэ мангэ ада нанэ пиро ди!» пхэндя чёрори Алиса э рундлэ тоноса. И думиндя пэскэ. «Сыр пхарэс лэнца: адалэ звери сы дриван ковлэ, екх банго лав—и одо джено сы росчиладо, обижэнно!»

«Набут-по-набут присыклёса,» пхэндя Кирмо; тходя тырдэны палэ дро вушта и лэя тэ вымэкэл тхув.

Др одо времё Алиса спокойнэс дужакирдя, коли ёв лэя тэ ракирэл дурэдыр. Пирдал екх минута или дуй Кирмо вылэя тырдэны пэскирэ вуштэндыр, зевиндя екх-дуй молы и встринскирдяпэ. Дурэдыр ёв спэя грибостыр, и занашадэя дрэ чяр, нэ додэя и дуй лава, коли джялас криг. «Екхэ бокостыр кэрэла тут учедыр, ваврэ бокостыр кэрэла тут тыкнэдыр.»

54

«Екх боко *состыр?* Вавир боко *состыр?*» пхучья Алиса дрэ пэскири годы.

«Грибостыр,» отпхэндя Кирмо, сыр бы ёй пхучья лэстыр э пхэрдэ глосяса; и дрэ вавир миго схасия якхэндыр.

Алиса сыс тэрды и дыкхья задуминдлэс про грибо екх минута, ёй зумадя тэ роскэдэл, саво грибоскиро боко сы саво; одо грибо сыс сарэса крэнгло, и ёй поляя: адава сы дриван пхаро пхучибэн. Сыр-то ёй росчудя пэскирэ васторэ побутҀлэдыр и облэя грибо подурэдыр, карик дотырдэяпэ, и выпхагирдя дуе бокостыр понабутка.

«И акана саво сы саво?» ёй пхучья дрэ пэскиро шэро, и отдандырдя екх тыкныпэн э правонэ вастэстыр, собы тэ позумавэл, со скэрэлапэ. Пирдало миго ёй поляя: лакири брода сыс зоралэс притасады ко гҀэра!

Ёй сыс трашакирды, нэ адава паруибэн адякэ сыгэс на кончиндяпэ, и ёй гҀалэя, латэ нанэ бутыр ни миго, соб ёй на биладя, сыр котэр иворо: ёй зумадя тэ схал набут ваврэ вастэстыр. Лакири брода сыс дякэ зоралэс притасады ко лакирэ гҀэра. Адалэстыр лакэ сыс пхаро тэ откэрэл вушта; нэ ёй откэрдя кэ концо дякэ набут, собы пхарипнаса ухтыллас штэтыцо тэ отдандырэл екх тыкнинько тыкныпэн ваврэ грибоскирэ бокостыр, саво сы дро лакиро лево васторо.

«Мишто, миро шэро нанэ бутыр стасадо!» пхэндя Алиса э бахталэ тоноса, нэ дрэ вавир миго лакиро тоно пирипарудэя и ятя трашано, коли ёй на удыкхья пэскирэ псикэ пашэ латэ: саро, со сыс дыкхно тэлэ, сыс лакири мэн, баро-прибаро учипэн, токо морё патриня зэлэнёлас тэлал—дур прэ пхув.

«Со *можындя* дякэ тэ зэлэнёл одой тэлал?» пхучья Алиса пэстыр. «И кай ваще *гарадэнэ* мирэ псикэ? Ах, мирэ чёрорэ васта, палсо мэ на можынав тэ дыкхавпэ лэнца?» Ёй зумадя тэ ґаздэл пэскирэ васта, пока ёй ракирдя, нэ ничи на сыс дыкхно тэлал, токо дур дрэ зэлэно хорипэн со-то тыкнинько лакэ махиндя.

Адякэ выгэяпэ, сыр латэ нанэ шансо тэ дотырдэлпэ лакирэ вастэнца кэ лакиро шэро. Ёй зумадя тэ подлыджял шэро ко *васта*, и сыс радо, коли полэя: лакири мэн можынэла тэ бандёл карик-на-ками, сыр сап. Лакэ удэяпэ тэ банкирэл мэн дрэ шукар зигзаго и закэдэлпэ шэрэса дро морё патря, коли ёй полэя: адава морё сыс ничи, нэ токо кашта—дыкхно упрал; адава сыс кашта одолэ вэшэстыр, кай ёй блэндындя, коли сыс тыкнинько. Др ада миго кон-то зашыпиндя зоралэс, и ёй трашаны сыго чюрдэяпэ палэ: екх бари голэмбица урняндэя сыр-моло дрэ лакирэ якха и зумадя тэ вымарэл лэн пэскирэ барэ пхакэнца.

«Сап!» дэя годла Голэмбица.

«Мэ *на* сом нисаво сап!» пхэндя Алиса холяса. «Дэ мангэ спокоё!»

«Сап, мэ повторинав!» пхэндя Голэмбица дуйто моло, нэ лакиро тоно сыс ужэ спокойно, и додэя э рундлэ глосяса. «Мэ зумадём саро, нэ ничи на поддмяла!»

«Мэ на полав ничи. Палэ сави идея ту роспхэндян?» пхэндя лакэ Алиса.

«Мэ зумадём каштэнгирэ корни, мэ зумадём рэкэнгирэ брэги, мэ зумадём зэлэна барья,» Голэмбица сыгякирлас и на шунэлас Алисакирэ лава. «Нэ одолэ сапа! Ёнэ на дэн амэнгэ спокоё!»

Алисакэ одо саро здэяпэ бутыр и бутыр дивно, нэ ёй подуминдя. «Нанэ толко тэ пиримарав ла и пхэнав со-то, пока Голэмбица на кончиндя тэ ракирэл.»

«Мандэ сыс бут бутя: мэ бэстём прэ парнорэ,» пхэндя Голэмбица, «мэ ракхьём лэн сапэндыр, дывэсэ и раты! Мэ на сутём ни миго дрэ адалэ трин пхэрдэ куркэ!»

«Мэ полэём тыри бибахт,» пхэндя Алиса, коли лэя тэ ґалёл, сави бида дохая чёрорэ чирикля.

«И токо мэ выкэдыём само учё капшт дро саро вэш,» лэя тэ пхэнэл дурэдыр Голэмбица, и набут-по-набут лакири холямы глос ґаздэя кэ зоралы годла. «И токо мэ подуминдём: „Дорэстём спокоё би-сапэнгиро“, а ёнэ ужэ адай, закэдэнаспэ ко болыбэн! Сап! Ту—сап!»

«Нат, мэ *на* сом сап, патя мангэ!» пхэндя Алиса. «Мэ сом... Мэ сом...»

«Мишто! *Кон* ту сан?» пхучья Голэмбица. «Мэ дыкхьём, ту зумадян тэ латхэс со-то!»

«Мэ... Мэ сом тыкны чяёри,» пхэндя Алиса, нэ и кокори на патяндэя бут пэскирэ лавэнгэ, палдава сыр зрипирдя сарэ пэскирэ паруибэна, савэ пириджидя дрэ екх дывэс.

«Шукар скэрды история, чячё!» пхэндя Голэмбица э тоноса, кай башадя холямо напатяибэн. «Мы подыкхьём бут тыкнэ чяёрьен прэ пэскиро веко, мири совнакуны, нэ николи ни *екхатэ* на сыс дасави сапэскири мэн! Нат, нат! Ту сан сап; и нанэ толко тэ отпхэнэспэ адалэстыр. Мэ дужакирав: ту лэса тэ хохавэс ман, сыр бы ту николи на хаян парнорэ!»

«Нэ, мэ *зумадём* парнорэ, палсо тэ хохавав,» пхэндя Алиса, сыр ёй сыс присыклыны тэ пхэнэл чячипэн, «нэ тыкнэ чяёрья хана парнорэ дякэ чястэс, сыр и сапа, ту джинэс.»

«Мэ на патяв,» пхэндя Голэмбица, «дыкх: сыр ёнэ хана парнорэ, ёнэ сы сапэнгирэ родостыр: одова саро, саво мэ можынав тукэ тэ пхэнав.»

Дасави нэви идея дякэ зоралэс примардя Алиса. Адалэстыр ёй на можындя тэ пхэнэл ничи минута или дуй. Одова дэя Голэмбицакэ шансо тэ додэл. «Ту родэсас парнорэ, мэ джином *адава* мишто; а одова мангэ нанэ интересно, сан ту тыкны чяёри или сап?»

«Дава сы интересно *мангэ*,» пхэндя Алиса сыгэс, «нэ мэ на родэём парнорэ; нэ и коли бы мэ родавас, *тумарэ* нанэ мангэ пиро ди, мангэ трэби *кэрадэ*.»

«Мишто, ухтылла, джя криг!» пхэндя Голэмбица э пхутькирдэ тоноса и рисия тэ бэшэл прэ парнорэ. Алиса лэя тэ родэл дром, соб тэ рисэл прэ пхув пэскирэ шэрэса. Адава на сыс дякэ просто, палдава сыр лакири мэн, сыр баро и тхуло шэло, адай и одой закхудяпэ машкир кашта. И Алиса нашадя бут времё, пока роскхудя ла. Пирдал екх минутыца ёй зрипирдя: ёй саекх рикирлас грибо дро васта, и ёй лэя тэ зумавэл дриван полокхэс, хая набут екхэстыр и набут ваврэстыр вастэстыр, и то выбария, то утыкнэя, пока ёй на дорэстя пэскиро нормально учипэн.

Адякэ сыс, коли паруибэна прогэнэ, ёй на екхатыр присыклэя ко пэскиро чячюно учипэн, пэрво времё адава сыс сарэса дивно; нэ прогэнэ минуты, и ёй ятя тэ ракирэл дрэ пэскиро шэро, сыр обычно. «Шукар, пэрво пункто дрэ миро плано сы акана скэрдо! Сыр кхинякирдэ ман одолэ сарэ паруибэна! Мэ николи на джиндём, со скэрдяпэ манца пирдал екх минутыца или вавир! Нэ акана мэ рисиём дро миро чячюно учипэн: дуйто пункто дрэ миро плано сы тэ закэдавпэ дро шукар садыцо—сыр бы мангэ тэ кэрэс адава, мэрав тэ джином?» сыр ёй пхэндя адава, ёй явья екхатыр прэ откэрдо штэто, кай сыс тэрдо екх набаро кхэр, екх метро учипнаса или набутка учедыр. «Кон-то дживэл андрэ,» думиндя Алиса, «нэ мэ николи на джява кэ ёв дрэ *адава* чячюно миро учипэн: мэ на камам, собы ёв сгэя пэскири годятыр страхандэно!» Акэ ёй лэя и похая набут пэскирэ правонэ вастэстыр, и дужакирдя, пока на утыкнэла, и подъявья ко кхэроро, коли ужэ сыс савэ-то биш сантиметры ростоскири.

## ШЭРО VI

# Балычё и Перцо

Екх минута или дуй ёй сыс тэрды и дыкхья про кхэр. Ёй думиндя, со лакэ тэ кэрав дурэдыр, коли екхатыр лакеё, уридо дрэ ливрея, подпрастандэя сыгэс ко кхэр вэшэстыр—(ёй подуминдя: ёв сы лакеё, сыр ёв сыс уридо дрэ ливрея, нэ коли бы ёй сэндынэлас токо пиро лакиро муй, ёй бы накхардя лэс «мачё»)—и ёв лэя зоралэс тэ марэлпэ дро вудар вастэса. Лэскэ откэрдя вавир лакеё, адякэ жэ уридо дрэ ливрея, лэстэ сыс крэнгло муй и барэ якха,— вычидо «жамба». И сарэ дуй лакеи, сыр Алиса удыкхья, лыджянас прэ шэрэ куч барэ парики скхудэ скрэнцындлэ балэндыр и парнэ пудратыр. Лакэ ятя дриван интересно тэ роскэдэлпэ, со адава значинэла, и ёй почёри подгэя вэшэстыр, соб тэ подшунэл.

Лакеё Мачё рикирдя тэлэ пхак баро лыл, дасаво баро, сыр ёв кокоро, ёв приридэя лыл одолэ ваврэскэ лакеёскэ и додэя пхутькирдэс. «Вашэ Барэ-Ранякэ. Прикхарибэн амарэ Кралицатыр про крокето.» Лакеё Жамба повториндя, адякэ жэ пхутькирдэс, токо припарудя лава э концостыр

59

ко начяло. «Амарэ Кралицатыр. Прикхарибэн вашэ Барэ-
Ранякэ про крокето.»

И ёнэ сарэ дуй отдэя екх екхэскэ поклоно, и лакирэ
парики про екх миго пирикхудэпэ кхэтанэ.

Алиса адякэ зоралэс сандя прэ лэндэ! Ёй загарадэя
похорэдыр дро вэш, соб ла на ушунэнас; а коли ёй рисия тэ
подыкхэл, со явэла дурэдыр, лакеё Мачё бутыр на сыс
дыкхно одой, а вавир сыс бэшто прэ пхув пашо вудар и
дыкхья би-годякиро про болыбэн.

Алиса ладжявэс подъявья ко вудар и помардяпэ.

«Нанэ толко адякэ тэ марэспэ дро вудар,» пхэндя Лакеё, «и адалэскэ сы дуй резоны. Пэрво, сыр мэ сом пашо вудар прэ ада само боко, сыр ту; дуйто, сыр ёнэ кэрэн дасаво зорало шумо андрэ: адалэстыр никон на можынэл тут тэ шунэл.» И адава сыс чячё, зоралэ годлы доурняндэнэ кхэрэстыр—постояннэс кон-то ясвэнца воинэлас и дэлас чик, и кажно миго со-то пхагирдяпэ шумоса, сыр бы э пхалятыр пэрнас чярэ и тахтая и розурнянаспэ розмардэ прэ котэра.

«Мангав,» пхэндя Алиса, «нашты ли мангэ тэ попэрав андрэ?»

«Дрэ вавир ситуацыя явэлас бы толко тэ марэспэ дро вудар,» Лакеё роскхудя пэскири идея и на прилэлас дро вниманиё Алисакирэ лава, «коли вудар сыс машкир амэндэ. Вашо примеро, сыр ту сан *андрэ*, ту можынэс тэ помарэспэ дро вудар, и мэ можынав тут тэ вымэкав, ту полэс.» Ёв постояннэс дыкхья упрэ—прэ болыбэн, пока ёв россэндындя. Алиса подуминдя. «Дасавэ манеры нанэ шукар. Нэ, ґалёв, ёв на поляя адава,» ёй пхэндя дрэ пэскиро шэро. «Лэскирэ якха сыс ґаздэнэ *дриван* учес про лэскиро шэро. Нэ саекх ёв можындя бы тэ отпхэнэл прэ пхучибэна.» «Сыр мангэ тэ попэрав андрэ?» ёй повториндя позоралэдыр.

«Мангэ трэби тэ бэшав адай,» пхэндя Лакеё, «жыко атася...»

И екхатыр кхэрэскиро вудар откэрдяпэ, и баро чяро выурняндэя андрал и набут на попэя дро лакеёскиро шэро. Нэ чяро токо зачиладя Лакеёскиро накх, и роспэяпэ прэ котэра надур лэстыр, коли дорэстя ко кашт, саво сыс тэрдо одой.

«...или саво-то вавир дывэс, мэ патяв,» Лакеё лэя тэ пхэнэл дурэдыр одолэ самонэ тоноса, сыр бы ничи на скэрдяпэ.

«Сыр мангэ тэ попэрав андрэ?» пхучья Алиса нэвэс и зоралэдыр.

«А саво толко *тукэ* тэ попэрэс андрэ?» пхучья Лакеё. «Одова сы пэрво пхучибэн, ту сарэса на полэс?»

Адава сыс чячё: токо Алиса на камья тэ ракирэл адякэ холямэ тоноса. «Адава сы сарэса пфуй,» ёй шэпчиндя дрэ пэскиро шэро, «сыр ёнэ сарэ-дженэ ракирна екх екхэса! Адая манера сарэндыр отлэла годы!»

Др одо миго Лакеё, ґалёв, подуминдя, сыр бы акана сыс лачи минута, собы тэ роскхувэл пэскири идея дурэдыр. И ёв додэя набаро паруибэн. «Мангэ трэби тэ бэшав адай,» ёв пхэндя, «или одой, дывэс пало дывэс.»

«Нэ а *мангэ* со трэби тэ кэрав?» пхучья Алиса.

«Саро, со тукэ пиро ди,» отпхэндя Лакеё и лэя тэ дэл шоля.

«Ах, нанэ толко тэ роспхэнав лэса,» пхэндя Алиса холяса, «ёв сы сарэса би-годякиро!» И ёй откэрдя вудар и попэя андрэ.

О вудар лыджия кэ бари кухня, кай сыс пхэрдо тхув кэ сарэ вэнглы: Бари-Раны сыс бэшты про тринэґэрэнгиро стульцо дрэ тхув. Ёй рикирдя прэ васта и чярадя пэскирэс тыкнорэс. Лакири хабнэнгири сыс тэрды кэ яг, кэрадя сото дрэ бари пири. Здэяпэ, пири сыс пхэрды зуми.

«Ёнэ додэнас зоралэс бут перцо др одо зуми!» Алиса пхэндя дрэ пэскиро шэро, сыр ёй на можындя тэ зрикирэлпэ и дэя чик.

Чячё, одой сыс зоралэс бут перцо дро *воздухо*. Кокори Бари-Раны дэлас чик на дякэ чястэс; нэ лакиро тыкномас дэлас чик или воинэлас постояннэс, би-пиримарибныткэс. Сыс токо дуй-дженэ дрэ кухня, савэ *на* дэнэ чик. Одолэ сыс хабнэнгири и екх баро кото. Кото сыс пашло про бов и сыкадэя сарэ пэскирэ данда дро сабэн.

«Мангав тэ пхэнэн мангэ,» пхучья Алиса, набут трашаны, сыр ёй на джиндя сарэса шукар, домэкэна ли лаче манеры лакэ тэ откэрэл муй пэрво, «состыр тумари мыца салпэ дякэ буґлэс?»

«Адава сы Кото-Чешырцо,» пхэндя Бари-Раны, «акэ состыр. Балычё!»

Ей пхэндя последнё лав екхатыр э барэ холяса. Алиса подухтя про штэто; нэ полэя дрэ вавир миго: Бари-Раны обрисияпэ дякэ кэ пэскиро тыкномас, а на кэ ёй. Алиса скэдэяпэ зорьенца и втходяпэ нэвэс:

«Мэ на джиндём, сыр бы Чешырцы сандлэ адякэ саро дром; бутыр одолэстыр, мэ на джиндём, сыр коты и мыцы ваще *можынэна* тэ сан.»

«Ёнэ можынэна саро,» пхэндя Бари-Раны. «И можынэна, и кэрэна.»

«Мэ на джином ни-екхэс дасавэс котос,» Алиса пхэндя дриван ковлэс, и ёй сыс сарэса бахталы, сыр лакэ удэяпэ тэ пролыджял розракирибэн.

«Ту на джинэс бут,» пхэндя Бари-Раны, «и адава сы чячипэн!»

Алиса на сарэса прилэлас дасаво откэрдо и хамско тоно, и ёй думиндя, сыр бы тэ пирипарувэл тема дро розракирибэн. Пока ёй зумадя тэ латхэл тема, хабнэнгири злэя пири зуми э ягатыр, и екхатыр лэя тэ росчюрдэл саро, со попэяпэ лакэ тэло васт, кэ Бари-Раны, ко тыкномас— с戸струны банги поурняндэя пэрво; ла дорэсэнас роя, тахтая, чярэ—тыкнэ и барэ. Нэ Бари-Раны на дэя нисаво вниманиé прэ адая брышынд, мэк ла и дорэстя; а тыкно масоро на улэяпэ, лэскиро роибэн на пириятяпэ, палдава Алисакэ сыс пхарэс тэ полэл, сыс лэскэ дукх адалэстыр или нат.

«Ах, *мангав*, со ту кэрэс!» годладэя Алиса и подухтя упрэ дараны. «Ту мардян лэс дро лэскиро *совнакуно* накхоро!» (Др одо миго дриван баро чяро проурняндэя надур э тыкнэстыр и набут на отрискирдя лэскиро накхоро сарэса.)

«Мэк кажно дыкхэла палэ пэскири буты,» Бари-Раны пхэндя э пхарэ глосяса, «и о свэто закрэнцынэлапэ набут сыгэдыр.»

«Адава *на* явэла бут шукар,» пхэндя Алиса, ёй сыс дриван радо, коли выпэя шансо тэ сыкавэл, кицы бут ёй джинэл. «Подуминаса, сави проблема выджяла адалэстыр дывэсэ и раты! Ту джинэс, трэби биш тай штар мардэ, собы Пхув можындя екх моло тэ обкрэнцынэл пэс...»

«Открэнцынэл?» пхучья Бари-Раны, «трэби тэ открэнцынэл тыро шэро криг!»

Алиса подыкхья набут трашано прэ хабнэнгирьятэ, нэ ёй на посыкадя, сыр бы ушундя адалэ лава и мешындя пэскэ зуми. Алиса втходяпэ нэвэс. «Аи, биш тай штар мардэ, мэ *думинав*; или дэшудуй? Мэ...»

«Ах, на холякир *ман*!» пхэндя Бари-Раны. «Мангэ николи на гэя локхэс гиныбэн!» И ёй лэя тэ качинэл пэскирэс тыкнорэс нэвэс и тэ багал гилы, сыр ёй кэрдя адякэ. И ёй тринскирдя кажно моло чёрорэс тыкнорэс сарэ зорьятыр:—

*«Сов, мро тыкно чяворо, –*
*Сыр дэса чик, умарав,*
*Прэ холы мангэ на ров,*
*Ухтылла тут тэ шунав.»*

### ХОРО
### (хабнэнгири и тыкноро):—
*«Ай! ай! ай!»*

Пока Бари-Раны баґандя дуйто куплето, ёй чюрдэлас тыкнорэс сарэ холяса упрэ и ухтыллас лэс, и чёроро тыкномас воинэлас дякэ зоралэс, адалэстыр Алиса на роскэдэлас сарэ лава дрэ гилы:—

*«Сов и закэр якхорья, –*
*Сыго улэ пэс, шунэс?*
*Ман на холякир ивья,*
*Перцо бутыр закамэс?»*

### ХОРО
*«Ай! ай! ай!»*

«Камэс лэс набут тэ покачинэс? Ухтыл!» Бари-Раны пхучья Алисатыр и, надужакири екх лав палэ, чюрдэя тыкнорэс лакэ. «Мангэ трэби тэ джяс: мэ на сом готово кэ крокето амарэ Кралицаса,» и ёй сыгякирдя аври. А хабнэнгири чюрдэя лакэ дро думо пири, нэ прэ бибахт, на попэя, Бари-Раны дриван сыгэс схаськирдя якхэндыр.

Алиса ухтылдя э тыкнорэс пхарипнаса, палдава сыр ёв сыс дивнэс стходо тыкномас, и ёв рикирдя васта и ґэра вытырдэнэ дрэ разна боки, «сыр морёскири черґэн,» подуминдя Алиса. О чёроро тыкномас сыс пхаро и пхурдэя, сыр паровозо, коли ёй лэс ухтылдя. Ёв крэнцындяпэ и бандия дриван зоралэс, и Алиса дрэ пэрво минута токо рикирдя лэс сарэ зорьендыр.

Нэ ёй сыго придуминдя, сыр лэс тэ урикирэл (ёй скрэнцындя лэс и лэя тэ рикирэл екхэ вастэса лэскиро право кан и лево г̇эрой, дякэ ёв сыс сбанкирдо ангрустяса и урикирдо дро спокоё), ёй яндя лэс э кхэрэстыр аври. «Коли мэ лэс на закэдава манца,» думиндя Алиса, «ёнэ лэс умарэна пирдало дывэс или дуй. Сыр мэ можындём тэ чюрдав лэс адай? Одова явэла о баро грэхо!» Ёй выпхэндя адалэ лава зоралэс, и тыкномас хрюкиндя дро отпхэныбэн (ёв ужэ на дэлас чик бутыр). «На хрюкинэ,» упхэндя лэс Алиса, «одова сы сарэса нашукар манера тэ сыкавас пэскирэ думы.»

Ёв хрюкиндя дуйто моло, и Алиса удыкхья дриван трашанэс: лакиро муй сыкадэя сыр бы балычёрэскиро. Адава сыс чячё, лэстэ сыс *дриван* подг̇аздэно накх, фэдыр тэ пхэнас чячюно пятако, а на манушытко накх; и лэскирэ якха сыс тыкнорэ, на дасавэ, сыр манушытка. Кэ концо Алисакэ сарэса на сыс пиро ди лэскиро муй. «Нэ г̇алёв, ёв токо взрундя,» хохавэлас ёй пэс, нэ подыкхья дрэ лэскирэ якха и на латхья одой ни екх ясвин.

Нат, ни ясвин. «Сыр ту скэдэсапэ тэ пирипарудёс э манушэстыр дро балычестэ, мири бахт,» пхэндя Алиса серьёзнэс, «тукэ ужэ ничи на поможынэла. Думинэ акана!» Чёроро тыкномас хрюкиндя (или взрундя, нашты тэ пхэнав чячес), и дурэдыр ёнэ псирнас дро штылыпэн.

Алиса лэя тэ россэндынэл дрэ пэскиро шэро. «И со мэ лава тэ кэрав лэса, коли рисёвава кхэрэ?» коли ёв захрюкиндя зоралэс, а ёй трашаны подыкхья прэ лэскиро муй нэвэс. Др одо миго ёй полэя чячипэн, одова ужэ сыс – никон *на* можындя бы тэ обг̇алёлпэ – балычёро, и ёй г̇алэя: одова явэлас бы сарэса би-годякирэс тэ лыджял лэс дурэдыр пэса.

И ёй змэкья тыкнорэс тэлэ прэ пхув, и ёв попрастандэя криг сарэса спокойнэс дро вэш. «Коли бы мэ выбарьякирдём лэс,» ёй пхэндя дро пэскиро шэро, «лэстыр бы выгэяпэ нащукар холямо мануш, нэ акана лэстыр выджяла сарэса гожо балычё, мэ думинав.» И ёй лэя тэ зрипирэл джиндлэ раклорэн и раклорьен: лэндыр можынэна тэ выджян дриван гожа балыче. Ёй подуминдя дрэ пэскиро шэро. «Сы пхучибэн, сыр токо чячюнэс тэ парувэн лэн,..» ёй на кончиндя пэскири дума и встринскирдяпэ э страхатыр, сыр удыкхья Котос-Чешырцос, саво сыс бэшто надур латыр про кашт.

А Кото токо сыкадя данда дро сабэн, коли удыкхья Алиса. Ёв дыкхсёл сарэса райканэс, подуминдя Алиса: саекх лэстэ сыс *дякэ* барэ ная и дякэ бут данда! Алиса адалэстыр полэя: дасавэ котоскэ мол тэ сыкавэл патыв.

«Чешырцо-Кото,» Алиса сыс набут трашаны, сыр ёй на сарэса зарипирдя лэскиро кхарибэн: нэ кото токо сандяпэ буглэдыр. «Ничи, ёв на сыкадёл холямо,» подуминдя Алиса и пхэндя дурэдыр. «Мангав, пхэн мангэ, сыр мангэ тэ джяв, собы тэ выкэдавпэ адалэ штэтостыр?»

«А карик ту камэс тэ попэрэс?» пхучья Кото.

«Нанэ важно…» пхэндя Алиса.

«Нэ, тукэ и нанэ важно, кай тэ джяс…» отпхэндя Кото.

«…и мэ попэрава *кай-наяви*,» Алиса додэя кокори.

«А-а, чячё, одой ту точнэс попэрэса,» пхэндя Кото, «коли токо лэса тэ псирэс саро дром.»

Алиса полэя: адава сы чячипэн. И ёй тходя вавир пхучибэн. «Савэ мануша дживэн адай?»

«Др *ада* боко,» Кото пхэндя и сыкадя пэскирэ правонэ ґэраса, «дживэл Стадэнгиро: а др *одо* боко,» ёй сыкадя ваврэ ґэраса, «дживэл Мартоскиро Шошой. Джя тэ дыкхэс конэс камэс: ёнэ сарэ дуй сы би-годякирэ.»

«Нэ мэ на камам ко би-годякирэ мануша,» отпхэндя Алиса.

«Ах, со амэ ласа тэ кэрас,» пхэндя Кото, «амэ сарэ сам адай би-годякирэ. Мэ сом би-годякиро. Ту сан би-годякири.»

«Сыр ту решындян, сыр бы мэ сом би-годякири?» пхучья Алиса.

«Годьвари,» пхэндя Кото, и палэ пауза додэя, «адай бы на попэяпэ.»

Алиса на патяндэя дрэ адава, сыр на сыс сарэса досыкадэно, нэ ёй пхучья. «А сыр ту джинэс пал тутэ, ту кокоро сан би-годякиро или нат?»

«Авэн, мэ тукэ досыкавава,» пхэндя Кото. «О джюкэл сы годякиро. Аи?»

«Аи, мэ патяв,» пхэндя Алиса.

«Мишто,» Кото гэя дурэдыр, «джинэс, джюкэл башэл, коли сы холямо, и крэнцынэл э порьяса, коли сы радо. Нэ мэ башав, коли мэ сом радо, и крэнцынав э порылса, коли сом холямо. Адалэстыр выджяла: мэ сом би-годякиро.»

«Ту мурчинэс, на башэс,» пхэндя Алиса.

«Можынэс тэ кхарэс, сыр камэс,» пхэндя Кото. «Кхэлэса дро крокето амарэ Кралицаса дадывэс?»

«Мэ камам дриван зоралэс,» пхэндя Алиса, «нэ ман никон на покхардя—пока.»

«Ту ман одой удыкхэса,» пхэндя Кото и пропэя якхэндыр.

Алисакэ одова на сыкадэя дивно, сыр ёй ужэ сыс присыклыны кэ саро. Пока ёй дыкхья про штэто, кай сыс Кото, ёв екхатыр посыкадэя прэ одо само штэто нэвэс.

«Пхэн мангэ, сыр дживэл тыкноро?» пхэндя Кото. «Мэ забистэрдём тэ пхучяв тутыр.»

«Ёв пирипарудэя и акана сы балычё,» Алиса отпхэндя дриван спокойнэс, сыр бы на удыкхьяпэ, коли Кото посыкадэя палэ—одой, кай и пропэя.

«Мэ адава и дужакирдём,» пхэндя Кото, и пропэя дуйто моло ужэ сарэса.

Алиса дужакирдя минута или дуй, на явэла ли ёв палэ, нэ кото бутыр на сыкадэя, и ёй гэя др одо боко, кай джидя Мартоскиро Шошой, сыр сыкадя лакэ Кото. «Мэ ужэ дыкхьём стадэнгирьен англэдыр,» ёй пхэндя дрэ пэскиро шэро, «нэ Мартоскиро Шошой явэла бутыр интересно, и ґалёв, сыр акана сы маё, на явэла зоралэс би-годякиро—на бутыр, сыр ёнэ яченпэ би-годякирэ дро марто.» Сыр ёй проракирдя адава, ёй дыкхья упрэ, и налатхья якхэнца Котос, саво сыс рисино палэ и бэшто про кашт.

«Ту пхэндян „балычё" или „бар лачё"?» пхучья Кото.

«Мэ пхэндём „балычё",» отпхэндя Алиса, «и мэ мангав тут, на пропэр екхатыр и на сыкадёв адякэ сыгэс: ту сарэса закрэнцындян миро шэро!»

«Саро явэла мишто,» пхэндя Кото; и прэ адава моло пропэя дриван насыгэс: англэдыр полокхэс хасёлас лэскири пори, дурэдыр набут-по-набут сари туша, и кэ концо ятяпэ токо сабэн, саво сыс дыкхно, коли ужэ саро Кото схасия якхэндыр.

«Мишто! Мэ чястэс дыкхьём котос би-сабэнгирэс,» думиндя Алиса, «нэ сабэн би-котоскирэс—пэрво моло дрэ миро джиибэн! Адава сы дриван интересно!»

Ёй прогэя англэдыр, и удыкхья кхэроро. Одой джидя Мартоскиро Шошой. Ёй екхатыр уѓалэя: адава сыс лэскиро кхэр, палдава сыр каминоскирэ трубы тэрдёлас сыр дуй уче кана и крыша сыс тэлэ парны шошорэскири цыпа. Адава сыс дриван баро кхэр. Адалэстыр ёй на закамья тэ джял пашэдыр, пока на схая грибо э левонэ вастэстыр и на выбария поучедыр, ѓалёв, епаш метро. Саекх ёй сыс набут трашаны и пхэндя пэскэ. «Со мэ лава тэ кэрав, коли ёв явэла сарэса би-годякиро! Фэдыр бы мангэ сыс тэ джяв ужэ ко Стадэнгиро!»

# ШЭРО VII

# Би-годякиро Чяё

Одой сыс екх баро скаминд, тэрдо тэло кашт пашо
окхэр, а Мартоскиро Шошой и Стадэнгиро пинэ чяё:
Сунэнгиро сыс бэшто машкир лэндэ суто, и адалэ дуй бэшлэ
банкирдэ прэ лэстэ, сыр прэ порныца и пириракирэнаспэ
пирдал лэскиро шэро. «Дриван нашукар вашэ
Сунэнгирэскэ,» думиндя Алиса; «токо мэ на полэём, сыр
адава лэскэ на мешындя тэ совэл дро спокоё.»

Скаминд сыс буґло, нэ сарэ трин скэдэнэпэ кхэтанэ про
екх вэнгло. «Нанэ штэто! Нанэ штэто!» годладэнэ ёнэ, коли
удыкхнэ Алиса. «Штэто *ухтылла!*» пхэндя Алиса патываса
и бэстя дро баро кресло пашо скаминд.

«Пи мол,» Мартоскиро Шошой умангья ла э гудлэ тоноса.

Алиса подыкхья про скаминд, нэ адай сыс токо чяё. «Мэ
на дыкхьём мол,» ёй отпхэндя.

«Нэ, нанэ жэ,» пхэндя Мартоскиро Шошой.

«Соскэ жэ ту умангэс ман? Адава нанэ дриван шукар тырэ
бокостыр,» пхэндя Алиса холяса.

«Адава нанэ дриван шукар тырэ бокостыр тэ бэшэс ко скаминд, коли на прикхарды,» отпхэндя Мартоскиро Шошой.

«Мэ на джиндём. Адава сыс *тыро* скаминд?» пхэндя Алиса. «Адай пхэрдо штэто ваш бутыпэн.»

«Тукэ трэби тэ рикирэс тырэ бала подчиндлэ,» екхатыр откэрдя вушта Стадэнгиро. Ёв ужэ роздыкхья Алиса э барэ вниманиёса, и акэ выпхэндя пэрво лав.

«Тукэ трэби тэ рикирэс тыри чиб, соб тэ на чилавэсваврэ персоны,» Алиса пхэндя холямэс. «Одова сы дриван нашукар.»

Стадэнгиро прэ адава откэрдя якха дриван буг̔лэс; нэ саро, саво ёв *пхэндя*, сыс. «Состыр корако сыкадёл сыр скаминд?»

«Авэн, амэ ласа тэ кхэлас лавэнца акана!» думиндя Алиса. «Мэ сом радо: коли тумэ лэна тэ пхучен гарадэ лава,—мэ патяв, мэ розг̔алёвава,» ёй додэя э зоралэ глосяса.

«Ту патяс, ту розґалёса адава?» пхучья Мартоскиро Шошой.

«Аи, локхэс,» пхэндя Алиса.

«И пхэнэса, со ту думинэса?» втходяпэ пэскиро лав Мартоскиро Шошой.

«Пхэнава, со думинава,» Алиса сыгэс отпхэндя, «саекх— саекх: „Мэ думинава, со мэ пхэнава“—сы одова само, ту джинэс.»

«Нанэ одова само!» пхэндя Стадэнгиро. «Дыкх, можынэса тэ пхэнэс: „Мэ дыкхава, со мэ хава“ и „Мэ хава, со мэ дыкхава“ сы одова само!»

«Адякэ, ту можынэса тэ пхэнэс,» додэя Мартоскиро Шошой, «сыр бы „Мэ родава, со дорэсава“ и „Мэ дорэсава, со мэ родава“ сы одова само!»

«Ту можынэса тэ пхэнэс,» додэя суто Сунэнгиро, саво ракирэла дро соибэн, «сыр бы „Мэ пхурдава, коли мэ совава“ и „Мэ совава, коли мэ пхурдава“ сы одова само!»

«Ваш тукэ саекх саро сы одова само,» пхэндя Стадэнгиро, и адай розракирибэн кончиндяпэ, и сарэ сыс бэшлэ прэ минута, пока Алиса думиндя, кицы ваще ёй можындя тэ зрипирэл, саво пхандло ко кораки и ко скаминда, и на латхья бут.

Стадэнгиро сыс пэрво, кон пхагирдя штылыпэн. «Саво дывэс дро чён сы дадывэс?» ёв пхучья Алисатыр. Ёв вылэя кисыкатыр мардэ и подыкхья прэ лэндэ, потринскирдя лэн, подъяндя ко кан.

Алиса подуминдя набут и пхэндя. «Штарто.»

«Хохавэна прэ дуй дывэса!» спхурдэя Стадэнгиро. «Мэ роспхэндём тукэ, ксил на поджял шукар ко мардэ!» ёв додэя и подыкхья бангэс прэ Мартоскирэ Шошостэ.

«Адава сыс само найфэдэдыр ксил,» отпхэндя Мартоскиро Шошой ковлэс.

«Аи, нэ крошки андрэ на сыс само фэдэдыр,» додэя Стадэнгиро и спхурдэя. «И ивья ту лэян марэскири чюри.»

Мартоскиро Шошой лэя мардэ и дыкхья прэ лэндэ тугаса: сыго чюдя лэн дро тахтай э чяёса, вылэя и обдыкхья лэн нэвэс. Нэ ёв на латхья ничи фэдыр и рисия кэ пэскиро пэрво лав. «Адава сыс само най*фэдэдыр* ксил, ту джинэс.»

Алиса задыкхья пирдал лэскиро психо и удивиндяпэ. «Савэ дивна мардэ!» пхэндя ёй. «Ёнэ сыкавэна чёнэскиро дывэс, нэ на сыкавэна мардо!»

«Саво диво?» шэпчиндя Стадэнгиро. «А *тырэ* мардэ сыкавэна бэрш?»

«Чячё, нат,» Алиса отпхэндя дриван сыгэс, «нэ бэрш сы дасаво длэнго.»

«*Мирэ* кэрэн мангэ ада само проблема, полэс,» пхэндя Стадэнгиро.

Алисакэ одова сыкадэя дивно. Стадэнгирэскиро отпхэныбэн сыкадя лакэ: лэстыр нанэ толко, мэк лэскиро отпхэныбэн и сыс дрэ манушытко чиб. «Мэ на сарэса тут полав,» ёй пхэндя, дякэ гудлэс, сыр токо зможындя.

«О! Сунэнгиро сы засуто нэвэс,» пхэндя Стадэнгиро—и вычидя хачкирдо чяё прэ лэскиро накх.

Сунэнгиро э дукхатыр тринскирдя шэрэса, и пхэндя, нэ на откэрдя якха. «Чячё, чячё, мэ скэдыёмпэ тэ пхэнав ада само.»

«Ту розґалэян миро гарадо лав?» Стадэнгиро пхучья Алисатыр нэвэс.

«Нат, пока нат,» Алиса отпхэндя. «Саво лав?»

«На джином,» пхэндя Стадэнгиро.

«Мэ дякэ жэ,» пхэндя Мартоскиро Шошой.

Алиса спхурдэя кхинэс. «Мэ патяв, тумэ выдуминдлэ сото фэдыр, сыр дякэ тэ умарэн времё,» ёй пхэндя, «гарадо лав, саво никонэскэ нашты тэ ґалёл!»

«Коли бы ту джиндян Времё адякэ шукар, сыр мэ-э-э,» пхэндя Стадэнгиро, «ту на лэян бы тэ роспхэнэс, сыр трэби тэ умарэс адава. Адава нашты тэ марэс.»

«Мэ на джином, со адава значинэл,» пхэндя Алиса.

«Чячё, ту на джинэс!» пхэндя Стадэнгиро и покрэнцындя шэрэса учипнастыр. «Мэ можынав тэ пхэнав, ту николи на ракирдян Времёса!»

«Ѓалёв, нат, на ракирдём,» Алиса набут трашанэс отпхэндя, «нэ мэ джином, мэ мардём времё прэ музыка дрэ школа.»

«Нэ! Адава поджджял,» пхэндя Стадэнгиро. «Нэ Времё на камэл умарибэн. Простэс фэдыр тэ дэс лэскэ спокоё, и ёв дэла тукэ саро, со тукэ трэби. Вашо примеро, тырэ мардэ сыкавэн иня, трэби тэ джяс кэ школа: нэ токо ту пошэпчиндян,—Времё лэя тэ сыгякирэл, ужэ екх мардо и епаш, трэби тэ бэшас тэ хас!»

(«Адава явэлас бы шукар,» Мартоскиро Шошой пхэндя пэскэ тэло накх и спхурдэя.)

«Адава явэлас бы шукар, чячё,» пхэндя Алиса задуминдлэс, «нэ мандэ бы на закамэласпэ тэ хав, ту джинэс.»

«Пэрво моло, ѓалёв, аи,» пхэндя Стадэнгиро. «Нэ ту можынэс тэ рикирэс времё прэ екх мардо и епаш, кицы тукэ трэби, пока на закамэлапэ.»

«И ту ужэ кэрдян адякэ?» Алиса пхучья хачкирдэс.

Стадэнгиро покачиндя шэрэса дрэ туга. «Нат, адава на мэ!» ёв отпхэндя. «Амэ покостямпэ дрэ марто—пока *ёв* на сыс би-годякиро, ту джинэс…» (и сыкадя э рояса прэ Мартоскирэ Шошостэ) «…коли амари червоно Кралица дэя баро концэрто, и мири гилы одой сыс:

> „Урнял, урнял про болыбэн
> Пхакэнца, мышка, сыр черѓэн!
> Хачёв, хачёв про болыбэн
> Пхакэнца, мышка, сыр черѓэн!“

Ту джинэс ада гилы, патяв?»

«Мэ шундём екх, ѓалёв, дасави,» пхэндя Алиса.

«Дурыдыр, джинэс?» Стаденгиро додэя, «Акадякэ:—

> *„Ту урня, мышка, сыр подносо,*
> *Эх, лимонэнца и чяёса!*
> *Хачёв, хачёв…“*»

Адай и Сунэнгиро встринскирдяпэ и лэя тэ багал дро соибэн. *«Урнял, урнял, урнял, урнял…»* и тырдэя-тырдэя-тырдэя, пока ёнэ лэс на штылякирдэ зоралэ щипкэнца.

«Нэ сыр токо мэ кончиндём пэрво куплето,» пхэндя Стадэнгиро, «коли „Ёв умардя времё! Чингирэнти лэскиро шэро!“ годладэя Кралица.»

«Сави бари холы!» пхэндя Алиса.

«И адалэ поратыр,» Стадэнгиро втходя э киркэ тоноса, «Времё ничи на кэрла ваш мангэ! Акана сы шов мардэ ваш мангэ саро дром.»

Екх идея явья Алисакэ дро шэро. «Адава сы, состыр дякэ бут тахтая ваш чяё сы про скаминд?» ёй пхучья.

«Аи, чячё,» пхэндя Стадэнгиро и дэя ґондя, «акана саро дром сы токо времё ваш чяё, и амэндэ нанэ времё тэ выморас тахтая.»

«И тумэ парувэна штэто пал штэто ангрустяса, мэ патяв?» пхучья Алиса.

«Аи, чячё,» спхурдэя нэвэс Стадэнгиро, «штэто пал штэто, ангрустяса.»

«Нэ со явэла, коли тумэ дорэсэна кэ концо?» пхучья лэндыр Алиса.

«Фэдыр амэ паруваса тема,» Мартоскиро Шошой пиримардя ла и зевиндя. «Мэ сом кхино адалэстыр. Мэк тэрнори ранори роспхэнэл амэнгэ пэскири история.»

«Дарав, мэ на джином ничи,» пхэндя Алиса, набут трашаны.

«Мишто, Сунэнгиро роспхэнэла!» ёнэ дуй годладэя кхэтанэ. «Джянг пэс, Сунэнгиро!» И ёнэ лэнэ тэ джянгавэн лэс щипкэнца дуе бокэндыр.

Сунэнгиро насыгэс открдя якха. «Мэ на совав,» пхэндя ёв э назоралэ глосяса. «Мэ шундём кажно лав, коли тумэ ракирнас.»

«Роспхэн амэнгэ екх история!» пхэндя Мартоскиро Шошой.

«Аи, мангав, роспхэн!» уракирдя лэс Алиса.

«И сыгякир,» додэя Стадэнгиро, «пока на засутян нэвэс англэдыр, сыр кончинэса тэ роспхэнэс.»

«Екх моло дживэнас пэскэ трин тыкнэ пхэня,» лэя тэ сыгякирэл Сунэнгиро, «и лэн кхарэнас: Лотта, Лаиса и Тильда; и ёнэ джидэ тэлэ пхув—дрэ ґанынг…»

«Со ёнэ ханас?» пхучья Алиса, сыр лакэ сыс бут интересно пхучибэн, со хана и со пьена мануша.

Сунэнгиро подуминдя минута или дуй и пхэндя. «Ёнэ ханэ ягвин!»

«Ёнэ на можындлэ тэ хан токо адава, ту джинэс,» Алиса додэя гудлэс. «Ёнэ бы адалэстыр гудлыпнастыр занасвалёнас.»

«Адякэ и сыс,» пхэндя Сунэнгиро серьёзнэс, «ёнэ сарэ трин сыс *дриван* насвалэ.»

Алиса зумадя тэ полэл, сыр и соскэ дасави диета стходяпэ, нэ ёй на можындя. Нэ и пхучья. «Нэ состыр ёнэ джидэ тэлэ—хор дрэ ґанынг?»

«Камэс бутыр чяё?» Мартоскиро Шошой пхучья Алисатыр, дриван райканэс.

«Бутыр! Мэ на пиём пока ничи,» отпхэндя Алиса э обижэннонэ тоноса, «сыр жэ мэ можынав тэ мангав бутыр?»

«Ту патяс, ту можынэс тэ мангэс тыкнэдыр?» пхэндя Стадэнгиро. «Мэ думинав, коли тукэ сы *ничи*, одолэстыр сы дриван локхэс тэ кэрэс бутыр, нэ дриван пхарэс—тэ кэрэс тыкнэдыр.»

«Никон на пхучья, со *ту* думинэс,» на урикирдяпэ Алиса.

«Тукэ трэби тэ рикирэс тыри чиб, соб тэ на чилавэс маврэ персоны?» Стадэнгиро пхутькирдэс повториндя Алисакирэ лава.

Алиса сарэса рознашадяпэ, на латхьяпэ, сыр тэ отпхэнэл: ёй чюдя пэскэ чяё и лэя маро ксилэса,—и повториндя пхучибэн ко Сунэнгиро. «Состыр ёнэ джидэ тэлэ—хор дрэ ґанынг?»

Сунэнгиро нэвэс подуминдя минута или дуй и выпхэндя. «Адава сыс ягвинытко ґанынг.»

«Кай дасави сы?» Алиса сыс дриван холямы, нэ Стадэнгиро и Мартоскиро Шошой пхэндлэ. «Шш! Шш!», а Сунэнгиро шутлэс додэя, «Адава нанэ дриван шукар тырэ бокостыр, тэ пиримарэс, фэдыр кончинэ история кокори.»

«Нат, мангав, ракир!» Алиса пхэндя дриван хачкирдэс. «На лава тэ пиримарав тут бутыр. Камам тэ пхэнав, ґалёв, кай-то сы и дасави *екх* ґанынг.»

«Екх!?» пирипхучья Сунэнгиро э киркипнаса. Нэ ёв ляя тэ ракирэл дурэдыр. «И одолэ трин тыкнэ пхэнорья—ёнэ сыклёнас тэ тырдэн, ту джинэс...»

«Со жэ ёнэ тырдэнас?» пхучья Алиса, сыр ужэ забистэрдя, а лакэ жэ нашты тэ пхэнэл.

«Ягвин,» пхэндя Сунэнгиро, и сарэса на думиндя прэ ада моло.

«Камам екх жужы тахтай,» пиримардя Стадэнгиро. «Авэн, пирибэшэнти про екх штэто.»

Ёв пирибэстя, сыр пхэндя, и Сунэнгиро палэ лэстэ: Мартоскиро Шошой бэстя прэ Сунэнгирэскиро штэто, а Алиса на сыс радо, коли залэя Шошоскиро штэто. Токо Стадэнгиро попэя про нэво штэто. Нэ Алисакэ на сыс дякэ мишто, сыр англэдыр, палдава сыр Мартоскиро Шошой ужэ чидя тхуд пэскэ дрэ лакири нэви тахтай и пашэ тахтай.

Алиса на камья тэ зачилавэл Сунэнгирэс бутыр, и ёй ляя тэ пхучел дриван ковлэс. «Нэ мэ на полэём. Катыр ёнэ тырдэнас ягвин?»

«Ту тырдэс паны, кай сы панытко ѓанынг,» пхэндя Стадэнгиро, «мэ думинав, ту можынэс тэ тырдэс ягвин, кай сы ягвинытко ѓанынг. Ту, би-годякиро!»

«Нэ ёнэ ужэ сыс *дрэ* ѓанынг, андрэ? Мишто...» Алиса пирипхучья Сунэнгирэстыр—и сыс дыкхно: ёй на камэл тэ шунэл Стадэнгирэс.

«Чячё, ёнэ сыс одой,» пхэндя Сунэнгиро, «мишто, андрэ.»

Адава отпхэныбэн змардя чёрорэ Алиса толкостыр, и ёй дэя Сунэнгирэскэ тэ джял дурэдыр пирэ история.

«И дякэ ёнэ сыклёнас тэ тырдэн,» Сунэнгиро повториндя, зевиндя и тхиискирдя пэскирэ якха, ёв сыс дриван суто, «и ёнэ тырдэнэ саро-саро, со сы прэ буква М. Удыкхнэ и тырдэнас... Тырдэнас прэ патриня... Рисуинэнас...»

«Палсо прэ М?» пхэндя Алиса.

«А со, нашты?» пхучья Мартоскиро Шошой.

Алиса на пхэндя ничи.

Сунэнгиро закэрдя якха и лэя тэ засовэл, нэ Стадэнгиро лэс джянгадя щипкэнца, ёв дэя годла и лэя тэ ракирэл дурэдыр, «…и саро-саро, со сы прэ буква М, вашо примеро, мачен, мардэ, маё и манушварипэн—ту джинэс, сы разна „манушварипэна"—и джинэс, сыр тэ тырдэс манушварипэн прэ патрин?»

«Ту ман пхучеса?» пхэндя Алиса и дриван рознашадяпэ. «На джином…»

«На джинэс, на ракир,» пхэндя Стадэнгиро.

Адава сыс пхарэдыр, сыр Алиса можындя тэ вырикирэл: ёй чюрдэяпэ криг. Сунэнгиро екхатыр засутя, и никон на полэя, коли Алиса гэя, мэк ёй и обрисия тэ подыкхэл прэ лэндэ екх-дуй молы. Ёй дужакирдя, мэк ёнэ покхарна ла палэ. Нэ ивья. Кэ концо ёй удыкхья: ёнэ зумавэнас тэ затховэн Сунэнгирэс дрэ бари пири.

«Одой мэ на рисёвава бутыр ни пал со!» пхэндя Алиса, коли прокэдэяпэ пиро вэш. «Адава сыс би-годякиро чяёскиро пибэн. Дасаво николи на дыкхьём дро джиибэн!»

Токо ёй выпхэндя адава, ёй удыкхья дрэ екх кашт тыкно вудар. «Одова сы дриван интересно!» ёй подуминдя. «Дадывэс саро сы интересно. Мэ думинав, мэ попэрава андрэ.»

Сыр ёй попэя дро баро зало, одой пашо фэнштра сыс тэрдо скаминд. «Акана мэ лава тэ кэрав саро э годяса,» ёй пхэндя дрэ пэскиро шэро. Ёй лэя дро васта тыкно совнакуно ключико и откэрдя лэса вудар дро садыцо. Ёй похая грибостыр (саво налатхья дрэ кисык) и тыкнякирдя пэс дякэ, собы тэ проджял пиро тыкно вудар: кэ концо ёй бахталэс попэя дро шукар садо, кай сыс шукар цвэтыцы и шылалэ фонтаныцы.

## ШЭРО VIII

# Кралицакиро Крокето

Екх баро розакиро кашт сыс тэрдо дро садо пашо вудар: прэ лэстэ баринэ—парнэ розы, нэ трин пхабэнгирэ макхэнас лэн и парувэнас дрэ лолэ. Алиса думиндя, адава сы дриван интересно, и ёй придыкхьяпэ. Сыр ёй подъявья кэ ёнэ, ёй шундя, сыр екх пхэнэл. «Дыкх фэдыр, Панджengiро! На мэлякир ман!»

«Со тэ кэрав,» пхэндя Панджengiро э пхутькирдэ тоноса. «Ефтэнгиро ужэ замакхья мири бай.»

Ефтэнгиро дыкхья прэ лэстэ и пхэндя. «Чячё, шукар, Панджengiро! Саро дром чюв мэл прэ ваврэстэ! Пирилыджя стрелки!»

«Фэдыр *ту* на ракир!» пхэндя Панджengiро. «Мэ шундём, Кралица пхэндя токо атася: трэби тэ отчинэл тыро шэро.»

«Ваш со?» пхучья глос, сави заракирдя пэрво.

«Адава нанэ *тыри* проблема, Дуенгиро!» пхэндя Ефтэнгиро.

«Аи, адава сыс лэскири проблема!» пхэндя Панджengiро. «И мэ пхучяв лэстыр: „Кон яндя кэ хабнэнгири пуруматюльпаны, а на чячюнэ пурума?“»

Ефтэнгиро чюрдэя буты и лэя тэ ракирэл. «Мишто жэ тумэ хохавэна ман,..» коли лэскэ прэ якха попэяпэ Алиса. Ёй сыс тэрды надур и дыкхья прэ лэндэ, и ёв екхатыр заштылэя. Ваврэ обрисинэ прэ латэ, и сарэ трин кэрдэ лакэ поклоно.

«Пхэн мангэ, мангав,» пхэндя Алиса, набут трашаны, «ваш со тумэ лолякирэн парнэ розы?»

Панджengиро и Ефтэнгиро на пхэндлэ ничи, нэ подыкхнэ прэ Дуенгирэстэ. Дуенгиро лэя тэ шэпчинэл. «Тумэ полэна, ранори, амэ дужакирдям *лолэ* розы, нэ выбаринэ парнэ, сыр про грэхо, и коли Кралица латхэла адава, амэ ячяса би-шэрэнгирэ сарэ трин, тумэ джинэн. Адякэ выджяла, ранори, амэ гараваса амаро грэхо, пока Кралица на латхья...» И екхатыр Панджengиро, а ёв трашанэс дыкхья пирдало садо, дэя годла. «Кралица! Кралица!» и трин пхабэнгирэ екхатыр пэнэ прэ пхув муенца тэлэ. Пошундяпэ шумо, сыр бы бутыпэн псирлас, и Алиса лэя тэ обдыкхэлпэ прэ сарэ боки, ёй мэя тэ удыкхэл э чячюнэ Кралица.

Пэрвонэстыр явнэ дрэ пары дэш солдаты э пикэнца: ёнэ сыс патря э клодатыр, пэстыр сыкадёнас, сыр и трин пхабэнгирэ, уче и санэ, васта и ґэра пиро вэнглы прикэрдэ. Ваврэ явнэ дэш лакеи: одолэ сыс шукар уридэ и сарэ дрэ алмазы, а псирдэ ровнэс дуй палэ дуенгэ, сыр и солдаты. Палал явнэ кралискирэ чяворэ: дэш-дженэ, и одолэ тыкнэ сыс рада и прастанас сабнаса, васт дро васт, дрэ пары: ёнэ сыс уридэ шукар, и лолэ-червона илорэ сыс высыдэ прэ лэнгирэ куч урибэна. Кэ концо явнэ гости, сарэ Кралья и Кралицы, и машкир лэндэ Алиса удыкхья пэскирэс джиндлэс Парнэс Шошорэс: ёв сыс нервно, сыгякирдяпэ, крэнцындяпэ, сандяпэ прэ кажно ушундло лав. Ёв, коли прогэя надур, дажэ на вздыкхья прэ латэ. Палал гэя Червоно Валето, ёв рикирдя дро васта Кралискири корона прэ лолы бархатно порныца; и сыр последня пара дрэ адалэ шукар процэссия явнэ Лэнгирэ Барипэна: ЧЕРВОНО КРАЛИ И ЧЕРВОНО КРАЛИЦА.

Алиса сыс набут рознашады и на сарэса ґалэя, трэби ли лакэ тэ пэрэл прэ пхув э накхэса тэлэ, сыр трин пхабэнгирэ; нэ ёй на зрипирдя, собы коли-то шундя дасаво правило вашэ процэссия, «И саво толко бы выгэя,» думиндя ёй, «коли бы сарэ сыс пашлэ э муенца тэлэ и на можындлэ тэ подыкхэл прэ дасави шукар процэссия?» Адякэ ёй ятяпэ тэрды, кай сыс, и дужакирдя.

Коли процэссия явья кэ Алиса, ёнэ зарикирдэпэ и дыкхэнас прэ латэ, и Кралица пхучья холяса. «Кон сы адая?» Ёй пхучья, а Червоно Валето екхатыр кэрдя поклоно и страхатыр ни лав ни паш, трашано—ёв токо сандяпэ.

«Дылыно!» пхэндя лэскэ Кралица, обрисияпэ холямы кэ Алиса и пхучья латыр гудлорэс. «Сыр тыро кхарибэн, мири тыкны?»

«Мро кхарибэн сы Алиса, мангав тумаро Барипэн,» пхэндя Алиса дриван ковлэс; нэ додэя пэскэ дро годы. «Ничи, ёнэ сы токо екх клода патря, кэ концо. Мэ сарэса лэндыр на дарав!»

«И кон сы *одолэ*?» пхучья Кралица и сыкадя прэ тринэ пхабэнгирэндэ, савэ сыс пашлэ пашэ розакиро кашт. Ту полэса, ёнэ сыс пашлэ прэ муя, а прэ лакирэ думэ сыс адалэ сама гада, сыр дро сари клода патря. Адалэстыр Кралица на можындя тэ роскэдэл, кон ёнэ сыс: или пхабэнгирэ, или солдаты, или лакеи, или трин лакирэ чяворэ.

«Сыр *мэ* джином?» пхэндя Алиса и здивиндяпэ, коли ушундя пэскири глос. «Адава нанэ *мири* проблема.»

Э Кралица пололэя холятыр, лакирэ якха схачкирэлас Алиса ягаса, дро миго ёй сыс сыр дико рувны и отдэя команда. «Чингирэнти лакиро шэро! Нэ...»

«Дылныпэн!» годладэя Алиса, дриван зоралэс, и Кралица на пхэндя ничи.

А Крали тходя пэскиро васт прэ лакиро и ковлэс уракирдя ла. «Полэ, мири бахт: ёй сы адякэ тыкны!»

Э Кралица отрискирдяпэ холяса лэстыр и припхэндя э Валетоскэ. «Пиририскир лэн упрэ муенца!»

Валето кэрдя адава дриван локхэс, екхэ ґэраса.

«Ушты!» пхэндя Кралица э зоралэ глосяса, и сарэ трин пхабэнгирэ ухтлэ про ґэра и лэнэ тэ кэрэн поклоны Кралискэ, Кралицакэ, кралискирэ чяворэнгэ и сарэнгэ ваврэнгэ.

«Ухтылла!» дэя годла Кралица. «Тумарэ поклоны сарэса закрэнцындлэ миро шэро!» И ёй подъявья ко розакиро капшт и пхучья. «Со тумэ трин *кэрдэ* адай?»

«Мангав тумаро Барипэн,» пхэндя Дуенгиро э тринскирдэ глосяса, пэя прэ екх чянг, коли ракирдя, «амэ зумадям...»

«*Мэ* дыкхав!..» пхэндя Кралица, коли лэя тэ пропатякирэл розы. «Чингирэнти лэнгирэ шэрэ!» и сари процэссия гэя дурэдыр, а трин солдаты ячнэ про штэто, собы пиро Кралицакиро затхоибэн тэ кончинэн тринэн пхабэнгирэн, а одолэ прастандэнэ кэ Алиса вашо ракхибэн.

«Мэ ракхава тумэн!» пхэндя Алиса, и ёй чюдя тринэн дро цвэтэнгири пири, сави сыс тэрды надур, и дякэ сгарадя лэн. Трин солдаты псирэнас адай-одой минута или дуй, родэнас лэн—нэ ивья, и спокойнэс отбичядэпэ криг палэ сарэндэ.

«Тумэ чингирдэ лэнгирэ шэрэ?» годладэя Кралица.

«Лэнгирэ шэрэ сы нашадэ, мангас тумаро Барипэн!» солдаты годладэнэ кхэтанэ.

«Мишто!» годладэя Кралица. «Авэн тэ кхэлас дро крокето?»

Трин солдаты на пхэндлэ ничи, ёнэ дыкхнэ прэ Алисатэ, сыр Кралицакиро пхучибэн сыс бичядо лакэ.

«Аи!» отпхэндя Алиса.

«Авэн, сыгэдыр!» годладэя Кралица, и Алиса гэя дрэ процэссия, сарэнца кхэтанэ, и зоралэ дивоса дужакирдя, со явэла дурэдыр.

«Адава сы дриван шукар дывэс!» пхэндя назоралы глос тэло лакиро боко. Ласа ракирдя Парно Шошоро, ёв трашанэс роздыкхья лакиро муй.

«Дриван шукар!» пхэндя Алиса палэ. «Кай сы Бари-Раны?»

«Шш! Шш!» пхэндя Шошоро лакэ сыгэс. Ёв дыкхья трашанэс пирдал лакиро псико, коли ракирдя, дотырдэяпэ кэ лакиро кан и прошэпчиндя. «Ёй сы чюрдэны дро баро-кхэр, ла хаськирна.»

«Пал со ж адава?» пхучья Алиса.

«Ту пхэндян „Пхаро тэ шунав!“?» Шошоро пхучья.

«Нат, мэ на пхэндём,» отпхэндя Алиса. «Мэ сарэса на думинав, сыр бы мангэ сыс пхаро адава тэ шунав, мэ на зоралэс жалинав ла. Мэ пхучьём „Пал со ж адава?“»

«Ёй дэя Кралицакэ пиро кан…» прошэпчиндя Шошоро. Алиса засандяпэ тыкнэ годласа. «Ах, шш!» Шошоро шэпчиндя э трашанэ глосяса. «Кралица ушунэла тут! Джинэс, Бари-Раны приявья набут познэс, и Кралица пхэндя лакэ…»

«Сарэ—пиро штэты!» годладэя Кралица, и лакири глос сыс, сыр громо, и сарэ лэнэ тэ прастан адай и одой, равэнас екх ваврэс прэ пхув и годлэнас: сыго ёнэ сарэ ростходэпэ пиро штэты, а пирдал екх минута или дуй сарэ лэнэ тэ кхэлэн дро крокето.

Алиса думиндя, ёй николи дро джиибэн на дыкхья дасаво интересно крокето: фэлда сыс сари пириґанады: токо ямки и бэргицы, сыр крокетно мячё служиндя джидо ёжыко, и сыр млотко служиндя джидо фламинго, и солдаты по дуй сыс тэрдэ про васта и про ґэра и кэрдэ пэстыр сыр бы крокетна вудара, кай трэби тэ чюрдэл э ёжыкоса, со значинэл, сырбы э мячёса.

Бутыр сарэстыр сыс пхарэс Алисакэ дро пэрво моло присыклёл тэ рикирэл дрэ васта лакирэ фламингос: ёй рикирдя лэс тэлэ пхак, лэскирэ ґэра сыс вытырдэнэ, нэ сыр ёй позумадя тэ марэл фламингоса пирэ ёжыкостэ, фламинго *збанкирдя* лэскири мэн и пэскирэ здивиндлэ якхэнца подыкхья дрэ Алисакирэ якха, а ла роскэдэя дасаво сабэн! Пирдал адава ёй на можындя тэ попэрэл пирэ ёжыкостэ. А коли ёй збанкирдя фламингоскири мэн тэлэ и зумадя нэвэс, лакиро ёжыко роскрэнцындяпэ и лэя тэ унашэл криг. Ямки и бэргицы прэ фэлда на зоралэс поможынэнас дро кхэлыбэн, ёжыко на камья тэ урнял дро вудар, и вудара, стходэ джидэ муршэнца, коли закамнэ, джянас криг тэ потырдэн тырдэны. Алиса сыго полэя: адава сы дриван пхаро крокето.

Кхэлыбнарья марэнас пирэ ёжыкэндэ, коли камэнас, сарэ кхэтанэ, кошэнаспэ машкир пэстэ, конэскиро ёжыко попэя, и адякэ дурэдыр. Дриван сыго Кралица холясэя зоралэс и лэя тэ чюрдэл приговоры. «Чингирэнти лэскиро шэро!» или «Чингирэнти лакиро шэро!», ґалёв, екх приговоро прэ кажно минута.

Алисакэ сыс дриван пхарэс про ило: мэк ёй пока и на росхолякирдя Кралица, нэ ёй полэя: адава можындя тэ скэрэлпэ дрэ кажно минута. «И со,» думиндя ёй, «со манца явэла дурэдыр? Ёнэ дякэ камэна адай тэ чингирэн шэрэ! Сави нашукар манера! Дивнэс, сыр мэк кон-то адай пока рикирла пэскиро шэро прэ мэн!»

Ёй лэя тэ родэл, сыр бы фэдыр тэ нашэл криг, и думиндя, сыр тэ схаськирэлпэ якхэндыр почёри, коли подыкхья упрэ: со-то интересно висиндя дро воздухо. Ёй на дриван щукар роскэдэя дрэ пэрво миго, нэ пирдал екх минута или дуй ёй уґалэя: адава сыс джиндло сабэн дрэ сарэ данда, и ёй пхэндя дрэ пэскиро шэро. «Адава сы Кото-Чешырцо: акана мандэ явэла конэса тэ поракирав.»

«Сыр ту дживэс? Шукар?» пхучья Кото, коли лэскиро муй сыго посыкадэя дро воздухо.

Алиса подужакирдя, пока и якха посыкадэнэ, и кэрдя шэрэса «аи.» «Адай сы набут толко тэ ракирав лэса,» ёй думиндя, «пока на посыкадэнэ лэскирэ кана, или мэк екх кан.» Дрэ вавир минута ятя дыкхно саро шэро, и Алиса тходя прэ пхув лакирэ фламингос и лэя тэ россэндынэл пал адава крокето. Ёй сыс дриван радо: акана сы конэскэ ла тэ

шунэл. Кото подуминдя: ухтылла кицы сы дыкхно, и бутыр
лэстыр ничи на сыкадёлас.

«Мэ на патяв лэнгэ, ёнэ кхэлэнас на сарэса чячюнэс,
хохавэнас,» пхэндя Алиса набут киркэ тоноса, «и ёнэ
кошэнапэ, никон на шунэла екх ваврэс, годлэна кхэтанэ,—
и ёнэ сарэса на приджинэна правилы: сыр бы ни екх
правило нанэ утходо—и ту на полэса, сыр пхарэс тэ кхэлэс,
коли саро дро адава крокето сы джидо: вашо примеро, вудар
уджяла прэ вавир концо пирдалэ сари фэлда—мэ скэдыёмпэ
тэ марав пирэ Кралицакиро ёжыко, нэ токо ёв прастандэя
криг, коли ман удыкхья!»

«Сыр тукэ пиро ди амари Кралица?» пхучья Кото э
назоралэ глосяса.

«На дякэ зоралэс,» пхэндя Алиса, «ёй, ту джинэс,
дриван…» Др ада миго Алиса удыкхья: Кралица сыс тэрды
пашэ латэ и подшундя. Алиса кончиндя, «…шукар кхэлэл
дро крокето, дриван зоралэс.»

Кралица гэя криг э сабнаса пиро саро муй.

«Конэса ту ракирэс?» пхучья Крали, сыр подъявья кэ
Алиса и удыкхья Котоскиро сабэн, саво висиндя, урняндуй
дро воздухо.

«Адава сы миро джиндло—Кото-Чешырцо,» пхэндя
Алиса, «мангав тумаро Барипэн.»

«Нанэ мангэ сарэса пиро ди тэ дыкхав лэс,» пхэндя
Крали, «нэ саекх ёв можынэла тэ чямудэл миро васт, сыр
камэл.»

«Нанэ мангэ сарэса пиро ди тэ чямудав тыро васт,»
отпхэндя Кото.

«Савэ дылэнэ манеры, пфуй!» пхэндя Крали. «И на
выпурав прэ мандэ пэскирэ якха!» Ёв ужэ гарадэя палэ
Алисатэ и ракирдя адатыр.

«Кото можынэла тэ дыкхэл прэ кралистэ,» пхэндя Алиса.
«Мэ латхьём ада правило дрэ сави-то книжка, нэ на
зрипирдём дрэ сави.»

«Нат, мэк лэс улыджяна криг,» пхэндя Крали дриван райканэс, нэ лэскиро тоно сыс трашакирдо; и ёв дэя годла э Кралицакэ, сави др ада миго сыс надур. «Мири бахт! Мэ камам, соб ту дэян команда, собы адава Кото сыс улыджино криг!»

Кралица джиндя токо екх дром тэ роскэдэлпэ дрэ пхарипэна, барэ или тыкнэ. «Чингирэнти лэскиро шэро!» ёй пхэндя, на дыкхиндуй прэ котостэ.

«Мэ кокоро породава, кай сы хаськирибнари,» пхэндя Крали хачкирдэс и засыгякирдяпэ тэ джял.

Алиса думиндя, ёй можындя тэ дыкхэл про крокето дурэдыр, сыр екхатыр роздэяпэ Кралицакири глос, сави простэс кэрадэя холятыр. Алиса ушундя лакиро приговоро: трин кхэлыбнарья явэна хаськирдэ, сыр промэкнэ пэскири очередь. Алиса на камья тэ дыкхэл прэ одова сарэса. Саро дро крокето смешындяпэ, и ёй ужэ бутыр на джиндя, коли сы лакири очередь тэ марэл. И ёй выкэдэяпэ криг, сыр бы родэлас пэскиро ёжыко дрэ чяр.

Лакиро ёжыко мардяпэ ваврэскирэ ёжыкоса, Алисакэ выпэя шукар шансо тэ вымарэл екхатыр дуен аври, нэ токо сыс екх проблема: лакиро фламинго заблэндындяпэ дрэ вавир садоскиро краё, кай Алиса дыкхья лэс, коли ёв зумадя тэ взурнял про кашт.

Коли ёй дорэстя и ухтылдя лэс и ужэ яндя тэлэ пхак, ёжыки кончиндлэ тэ марэнпэ и рознашлэпэ. «Саекх!» думиндя Алиса, «и вудар ужэ угэя пэскирэ штэтостыр про вавир боко.» Ёй рикирдя пэскирэ фламингос тэлэ пхак, соб ёв тэ на нашэл нэвэс, и рисия кэ Кото, соб тэ подрикирэл розракирибэн лэса.

Коли ёй подъявья ко Кото-Чешырцо, ёй налатхья адай бутыпэн мануша, годлы и скандало. Хаськирибнари, Крали и Кралица—сарэ ракирнас кхэтанэ и никон на камья тэ пошунэл ваврэс. Бут мануша сыс тэрдэ сарэса штыл и на дыксёнас дриван бахталэ.

Сыр Алиса посэкадэя, др одо миго жэ сарэ трин подкхардэ ла, соб ёй поможындя лэнгэ тэ роскэдэн пхаро пхучибэн. И ёнэ лэнэ тэ повторинэн лакэ кажно пэскирэ резоны, нэ сыр ёнэ ракирдэ кхэтанэ, ёй на дриван шукар полэя, кон соскэ домарэлпэ.

Хаськирибнари досыкадэя, сыр ёв на можындя тэ счингирэл криг одо шэро, саво нанэ прикэрдо кэ мэн? Ёв, чёроро, николи на кэрдя дасави буты англэдыр, и ёв на лэла тэ кэрэл адякэ николи дро *лэскиро* джиибэн.

Крали тасадя прэ адава: коли сы шэро, адава трэби тэ отчингирэл и тэ на ракирэл дылныпэна.

Кралицакиро резоно сыс одова: коли со-то, со ёй камья, на явэла скэрдо екхатыр, ёй сарэнгэ отчингирэла шэрэ. (Адалэстыр Алиса полэя, вашсо сарэ скэдэнэ на дыксёнас дриван бахталэс.)

Алиса на придуминдя ничи фэдыр, сыр тэ пхэнэл. «Нэ, адая сы э Барэ-Ранякиро кото, трэби тэ пхучяс *латыр*.»

«Ёй сы запхандлы дро баро-кхэр,» Кралица обрисияпэ ко хаськирибнари. «Лыджя ла ко амэн.» И хаськирибнари поурняндэя криг сарэ зорьяса.

Котоскиро шэро лэя тэ хасёл криг др одо само миго, сыр хаськирибнари угэя, и коли ёв рисия э Барэ-Раняса, Кото ужэ сарэса нашадэя яхэндыр: ивья Крали и хаськирибнари прастанас адай и одой, англэ и палэ, ивья родэнас лэс. А мануша—рисинэ ко крокето.

## ШЭРО IX

# Подкэрды Черепаха Роспхэнэл

"Ту на джинэс, сыр мэ сом радо тэ дыкхав тут, мири совнакуны!» пхэндя Бари-Раны, сыр ёй облэя Алиса, и ёнэ гэнэ криг кхэтанэ.

Алиса сыс дриван радо тэ латхэл ла дрэ дасаво шукар настроениё, и думиндя дрэ пэскиро шэро. «Англэдыр, коли амэ дыкхьямпэ дрэ кухня, ґалёв, токо перцостыр ёй кэрдяпэ дасави холямы и кирки.»

«Коли *мэ* явава Бари-Раны,» ёй пхэндя пэскэ (мэк на дриван зоралэс патяндэя, саекх), «мэ на домэкава нисаво перцо кэ мири кухня *сарэса*. Зуми сы дриван шукар и би-перцоскиро. А дава перцо затходя манушэн тэ явэн холямэ, сыр хачёл дро дия,» ёй додэя, дриван радо, сыр налатхья екх нэво правило, «и шутлыпэн затходя манушэн тэ явэн шутлэ, би-сабнаскирэ—и кирки ромашкакиро пибэн затходя лэн тэ явэн киркэ—и—и гудло или ягвин и адякэ дурэдыр затходя чяворэн тэ явэн лаче и гудлэ. Мэ токо камам, собы мануша джинэнас *адава* правило, саво ёнэ лэна тэ рипирэн: чяворэнгэ трэби тэ дэн бутыр гудлыпэна, тумэ рипирэнти!..»

Ёй сарэса забистэрдя, а Бари-Раны сы пашэ латэ. И Алиса встринскирдяпэ, коли ушундя лакири глос дро кан. «Ту сан задуминдлы, мири бахт, и ничи мангэ на пхэнэса. А мэ на можынав тэ роспхэнав тукэ акана, сави мораль адалэстыр вычивэла, нэ мэ зрипирава.»

«Галёв, адалэстыр на вычивэла ничи,» шукэс отпхэндя Алиса.

«Нат, нат, мири черг'энори!» пхэндя Бари-Раны. «Мораль вычивэла сарэстыр, токо трэби ла тэ латхас.» И ёй притасадяпэ ко Алисакиро боко, пока ракирдя адава.

Алиса на сыс зоралэс пиро ди адава притасакирибэн: пэрво—Бари-Раны сыс *дриван* нашукар; а вавир—ёй сыс одо само учипэн, собы тэ припасёл пэскирэ бродоса пхарэс прэ Алисакиро психо, и адалэстыр на вычивэлас ничи шукар. Нэ Алиса на камья тэ сыкавэл налаче манеры: ёй слыджия адава, кицы ёй можында.

«А крокето джял набут фэдыр акана,» ёй пхэндя, собы токо тэ подрикирэл розракирибэн.

«Чячё, и адалэстыр вычивэл дасави мораль—„Ах, камлыпэн, камлыпэн, ту сан саро, ваш со о свёто крэнцынэл!"—сыр джиндло,» подухтя хачкирдэс Бари-Раны.

«Кон-то пхэндя,» Алиса шэпчиндя, «мэк кажно дыкхэла палэ пэскири буты!»

«Ах, чячё! Адава значинэл ада само,» пхэндя Бари-Раны, и нэвэс притасадяпэ тыкнэ бродоса кэ Алисакиро психо дякэ зоралэс, дажэ задукхандэя, и додэя. «„На потэрдёса пало бар, сари бар ростырдэна", адасави мораль вычивэла *адалэстыр*.»

«Сыр камэл ёй тэ отганавэл мораль дрэ кажно моло!» Алиса думиндя дрэ пэскиро шэро.

«Мэ на дарав тэ пхэнав, галёв, ту дужакирэс, коли мэ облава вастэса тыри талия,» рискирдя пауза и пхэндя Бари-Раны. Ёй спхурдэя. «Сы екх резоно: мэ на джином, дрэ саво настроениё сы тыро фламинго. Мэ зумавава?»

«Ёв можынэла тэ дандырэл,» отпхэндя Алиса набут сыгэдыр, сыр трэби. Ёй сарэса на камья тэ домэкэл адава зумаибэн.

«Дриван чячё,» пхэндя Бари-Раны, «о фламинго и э кирки дандырна сарэ дуй. И адалэстыр вычивэла мораль: „Дрэ екх пор и чириклы на биянделапэ"—аи?»

«Нэ кирки нанэ чириклы,» втходяпэ Алиса.

«Чячё, чячипэн!» пхэндя Бари-Раны. «Сави бари годы ту сыкавэс, мири гудлори, коли россэндынэс!»

«Адая сы со-то баруно, мэ *думинав*,» пхэндя Алиса палэ кирки.

«Чячё, жужо чячипэн,» пхэндя Бари-Раны, сави сыс радо тэ прилэл саро, со токо Алиса на пхэндя. «Надур адалэ штэтостыр сы бари *шахта*, кай ґанавэн баруны кирки. И адалэстыр вычивэла мораль—„Шах-то нанэ балавас, кэ саро на джяла“—полэс?»

«Ах, мэ джином!» годладэя Алиса, сыр ёй промэкья ада «шахта—шах-то» и думиндя палэ кирки. «Адая барьёла. На дыксёла сыр баро кашт, нэ саехх.»

«Мэ сарэса прилава тыри идея,» пхэндя Бари-Раны, «и мораль адалэстыр вычивала дасави—„Фэдыр тэ явэс, сыр тэ дыксёс“—или, сыр мэ тукэ роспхэнава,— „Николи на яв хоханы, яв дасави, кон ту сан чячес, или на кэр иллюзия, сыр бы ту на санас ту кокори, или тэ на дыксёс адякэ, собы тыро интэрьеро и тыро экстэрьеро на явэнас адэкватна екх ваврэскэ, или на кэр адякэ, собы никон на можындя тэ подуминэл, сыр бы ту на явьян сарэса адасави само, сыр ту сан!“—аи?»

«Мэ думинав, акана мэ на сарэса полэём,» Алиса пхэндя дриван ковлэс, «фэдыр мэ зачинава про лыл адая идея пэскэ ваш рипирибэн и роскэдава коли-наяви: сыр акана адава мангэ пхарэс тэ роскэдав екхатыр.»

«Адава ничи, мэ можынава тэ роспхэнав и бутыр,» Бари-Раны отпхэндя э бахталэ тоноса.

«Мангав, на кхинякир пэс! Ту можынэса и тэ на пхэнэс дякэ барэ протхоибэна,» пхэндя Алиса.

«Ах, на ракир, саво кхинякирибэн!» пхэндя Бари-Раны. «Мэк адава явэла миро подарко тукэ, саро, со мэ ужэ пириракирдём ададывэс.»

«Нанэ баро барвалыпэн!» думиндя Алиса пэскэ. «Мэ сом радо, коли мангэ на дэна дасавэ подарки прэ бияндыпнытко дывэс» Нэ ёй, годяса, на лэя тэ выпхэнэл адава саро э Барэ-Ранякэ.

«Думинэса нэвэс?» Бари-Раны пхучья, и вавир моло лакири брода духанэс вчиндяпэ дрэ Алисакиро психо.

«Можынава тэ думинав,» пхэндя Алиса набут холямэс, ёй бутыр на сыс дриван радо дрэ дасави компания.

«На саро можынаса, со камаса,» пхэндя Бари-Раны, «бэшындуй на кхэлэна танцо; и м—»

Про диво, Алиса ушундя, сыр Барэ-Ранякири глос екхатыр замэя, и лакиро камло лав «мораль» ятяпэ паш-выпхэнло, а лакиро васт, саво облэя Алиса, лэя тэ тринскирэл. Алиса вздыкхья, надур сыс тэрды Кралица. Екхатыр Кралица стходя пэскирэ васта трушылэса и дыкхья холямэс, сыр кало громо.

«Шукар дывэс, тумаро Барипэн!» Бари-Раны выпхэндя э нашундлэ глосяса.

«Акана, мэ тукэ дава шансо тэ выкэдэс,» годладэя Кралица, и махиндя пальцоса палэ кажно лав, «или ту или тыро шэро нашадэла криг амарэ якхэндыр, и адава— екхатыр! Нат, дуй молы сыгэдыр! Ту выкэдэса!»

Бари-Раны выкэдэя: ёй хасия др адава жэ миго.

«Авэн, джяса ко крокето,» Кралица припхэндя Алисакэ; а Алиса сыс трашаны, на пхэндя ни лав, ни паш, нэ насыго гэя палал и рисия кэ крокетно фэлда.

Сарэ гости, пока Кралица на сыс прэ фэлда, лэнэ тэ откхинякирэн тэлэ кашта: нэ дрэ ада миго, коли ёнэ удыкхнэ ла, ёнэ сыгякирдэ тэ рисён ко крокето. Кралица жэ лэнгэ пхэндя. «Екх миго конэскиро-наяви зарики-рибэн—мол лэскиро шэро.»

Саро времё, пока ёнэ кхэлдэ, Кралица на пириячья тэ кошэлпэ ваврэ кхэлыбнарьенца, и дэя годлы. «Чингирэнти лэскиро шэро!» или «Чингирэнти лакиро шэро!» Адалэн, конэскэ ёй дэя приговоро, улыджянас солдаты, савэ стховэнас пэса вудара. Пирдал адава екх вудар палэ вавир нашадяпэ. Кэ концо, пирдало мардо или со, на ятяпэ ни екх вудар, а сарэ кхэлыбнарья, коли на ласа тэ гинас э Кралис, э Кралица и э Алиса, сыс запхандлэ и дужакирнас, коли хаськирибнари спхэрдякирла приговоро.

Э Кралица, запхурдэны, чюрдэя крокето и пхучья Алисатыр. «Дыкхьян ужэ Подкэрды Черепаха?»

«Нат,» отпхэндя Алиса. «Мэ на джином, кон адая сы— Подкэрды Черепаха.»

«Адава сы шукар штука—Подкэрды Черепаха. Подкэрды Черепахакири зуми кэравэна адалатыр,» роспхэндя Кралица.

«На дыкхьём, и на шундём,» пхэндя Алиса.

«Авэн, сыгэдыр,» пхэндя Кралица, «и ёй кокори роспхэнэл тукэ пэскири история.»

И ёнэ гэнэ криг кхэтанэ. Алиса шундя, сыр Крали шэпчиндя сарэнгэ, савэ дужакирдэ приговоро. «Мэ тумэн простиндём.»

«*Адава* явэла шукар!» подуминдя Алиса, палдава сыр ёй зоралэс жалиндя сарэн одолэн, конэс Кралица осэндякирдя про мэрибэн.

Ёнэ дриван сыго явнэ ко Грифоно, саво сутя пашло тэло кхам. (Сыр ту на джинэс, сыр Грифоно дыксёл, адай латхэс лэскиро патрин.) «Ушты, кирно джюкло!» пхэндя Кралица, «и отлыджя тэрнэ ранорья кэ Подкэрды Черепаха, тэ пощунэл лакири история. Мангэ трэби тэ рисёвав тэ подыкхав, сыр спхэрдякирна мирэ приговоры.» Кралица сыгякирдя криг, а Алиса ятяпэ пашо Грифоно кокори. Алиса на зоралэс камья тэ ячелпэ лэса, нэ сыгэс решындя. «Адалэ звери ваще-то сы фэдыр, сыр Кралица, савьятыр на джинэс, со и тэ дужакирэс.»

Грифоно сыс бэшто и тхиискирдя пэскирэ якха: ёв дыкхья, сыр Кралица дурьёлас криг. Екхатыр ёв засандяпэ. «Сабэн!» пхэндя Грифоно—или пэскэ, или Алисакэ.

«Кай *сы* сабэн?» пхучья Алиса.

«Нэ, *ёй*,» пхэндя Грифоно. «Адава сы лакирэ фантазии: приговоро, „счингирэнти“, ёнэ николи на умардэ никонэс, ту джинэс. Авэн!»

«Сарэ адай припхэнэнас „авэн!“,» думиндя Алиса, сыр ёй гэя насыгэс палал. «Мэ николи на шундём дакицы команды англэдыр, дрэ саро миро джиибэн, николи!»

Сыго ёнэ удыкхнэ, сыр надур лэндыр Подкэрды Черепаха сыс бэшты прэ баруны бэргица—дрэ тута и сари кокори. И, сыр ёнэ явнэ пашэдыр, Алиса ушундя, сыр ёй дэлас ґондя дасавэ киркипнаса,—кажнонэскэ ило бы роспхадёлас. Алиса пожалиндя ла. «Сави бида лакэ?» ёй пхучья Грифоностыр. И Грифоно отпхэндя ада самонэ лавэнца, сыр англэдыр. «Адава сы лакирэ фантазии: жалиндя пэс, ту джинэс. Авэн!»

Адякэ ёнэ подъявнэ кэ Подкэрды Черепаха, сави дыкхья прэ лэндэ барэ якхэнца пхэрдорэ ясвэнца, нэ на пхэндя ничи.

«Адай сы тэрны ранори,» пхэндя Грифоно, «ёй камэл тэ джинэл тыри история, полэян?»

«Мэ роспхэнава лакэ саро,» пхэндя Подкэрды Черепаха э важнонэ тоноса. «*Бэшэнти* сарэ дуй, на пхэнэнти ни лав, ни паш, пока мэ на кончиндём.»

Адякэ ёнэ бэшлэ, и никон на пхэндя пирдал панч-шов минуты. Алиса думиндя пэскэ. «На полава, *коли* ёй кончинэла, сыр ёй нисыр на можындя тэ начнинэл и выпхэнэл пэрво лав.» Нэ ёй дужакирдя дро штылыпэн и спокоё.

«Екх моло,» пхэндя Подкэрды Черепаха кэ концо, и пхарэс спхурдэя, «мэ явьём э Чячюны Черепаха.»

Палэ адалэ лава тырдэяпэ дриван длэнго пауза, токо Грифоно прожужакирдя кирло: «Хррршшш!», а Подкэрды Черепаха выдэлас киркэ роибэна э зоралэ глосяса. Алиса ужэ скэдэяпэ тэ уштэл и шукар тэ парикэрэл лакэ. «Плэскир тукэ Дэвэл, мири раны, вашэ тыри интересно история,» нэ ёй саекх дужакирдя, коли *ужэ* скэрэлапэ сото интересно, палдава ёй пока на пхэндя ничи.

«Коли амэ самас тыкнэ,» Подкэрды Черепаха втходяпэ лавэнца, ужэ дрэ спокоё, мэк и чястэс дэя ґондя, «амэ псирасас кэ морёскири школа. Сыклякирлас амэн пхуро Сомо—амэ кхардям лэс *Со-мэ*...»

«Палсо лэс кхарнас *Со-мэ*, коли ёв, ґалёв, сарэса на сыс?» Алиса пхучья.

«Амэ кхардям лэс адякэ, сыр ёй саро дром пхучья „*со-мэ-тумэнгэ-задэём?*“,» отпхэндя Подкэрды Черепаха холяса. «Сарэса ту на сан дриван сыклякирды!»

«Нанэ тукэ ладж тэ пхучяв латыр дасавэ локхэ пхучибэна?» додэя Грифоно; и ёнэ сарэдуй би-лавэнгиро выпурадэ якха прэ чёрорэ Алисатэ, сави сыс готово тэ пропэрэл пирдалэ пхув. Кэ концо Грифоно пхэндя, обрисино кэ Подкэрды Черепаха. «Сыгякир, пхури! На камам туса тэ нашавав саро дывэс!» и ёй втходяпэ адалэ лавэнца:—

«Аи, амэ гэям кэ школа дро морё, мэк ту и на патяса...»

«Мэ ни лав на пхэндём!» пиримардя ла Алиса.

«Пхэндян!» заспориндя Подкэрды Черепаха.

«Ни лав, ни паш!» додэя Грифоно—сыгэдыр, сыр Алиса откэрдя муй. Подкэрды Черепаха тырдэя дурэдыр.

«Амэ самас шукар сыклякирдэ, зоралэс учёна—ґалыно, амэ бэшасас дрэ школа кажно дывэс!»

«*Мэ* бэшав дрэ школа кажно дывэс, адякэ жэ,» пхэндя Алиса. «Состыр ту сан дякэ пхутькирды?»

«А додэибэн?» пхучья Подкэрды Черепаха, набут трашанэс.

«Аи,» пхэндя Алиса, «амэ сыкляям одой французско чиб и музыка.»

«И морибэн?» пхучья Подкэрды Черепаха.

«Полыно, нат!» отпхэндя Алиса холямэс.

«Ах! Нэ на сарэса шукар сыс школа тумэндэ,» пхэндя Подкэрды Черепаха э глосяса, кай выбарьёла спокоё. «Акана *ко амэ* ёнэ додэна дрэ концо „француско чиб, музыка *и морибэн*—дро додэибэн,“—дякэ ко амэ.»

«*Одова* на трэби зоралэс бут,» пхэндя Алиса, «дрэ морё.»

«На сыс мангэ ловэ тэ проджяв одолэ трин,» пхэндя Подкэрды Черепаха и дэя ґондя. «На прогэём додэибэн.»

«А со прогэян?» пхучья Алиса.

«Нэ, Природэибэн и Би-якхалогия, сыр трэби,» Подкэрды Черепаха отпхэндя, «и дурэдыр ужэ гэя Маче-макх-чикэн дрэ сарэ боки—Э-Кхэлогия, Жужо-гиныбэн, Ростхуляки-рибэн.»

«На шундём николи пало Ростхулякирибэн,» Алиса вчюдя пэскиро лав. «Со сы адава?»

Грифоно э барэ дивостыр даже ґаздэя упрэ прэ сарэ дуй ґэра. «Ту на шундян, сыр тэ ростхулякирэн!» дэя ёв годла. «Джинэс, со значинэл тэ санякирэн?»

«Аи,» пхэндя Алиса, нэ на сыс упатяндэны сарэса, «ада значинэл—тэ кэрэн—саны, статно, гожэдыр.»

«Нэ, мишто…» Грифоно лэя тэ кхувэл дурэдыр, «коли ту на джинэс, сыр тэ ростхулякирэн, ту *сан* сави-то насыклыны!»

Алиса на камья бутыр тэ тховэл пхарэ пхучибэна, и ёй обрисияпэ кэ Подкэрды Черепаха и пхучья локхэс. «Со ту прогэян дурэдыр?»

«Мишто, одой сыс Мистория,» Подкэрды Черепаха отпхэндя, гининдуй предметы прэ забанкирдэ пальцы. «Мистория, пурано и модно, дурэдыр—Морёграфия; дурэдыр—Протырдэбэн—сыклякирибнари сыс екх пхуро сап, явэлас екх моло про курко; *ёв* лыджия амэндэ Протырдэбэн, Ростырдэбэн и Окрэнцындло Свэто.»

«Савэ сыс *адалэ* предметы?» пхэндя Алиса.

«Простинэ, на можынав тэ сыкавав тукэ акана,» Подкэрды Черепаха пхэндя. «Мрэ кокалыцы на банкирнапэ бутыр адякэ локхэс. И Грифоно николи на сыклёлас адалэ.»

«Сомас залымо,» пхэндя Грифоно. «Мэ явьём ко Классно мастеро. *Ёв* сыс екх пхуро крабо.»

«Николи на явьём кэ ёв,» Подкэрды Черепаха пхэндя и дэя ґондя. «Ёв лыджия Сабэн и Ясва, сыр пхэнэлпэ.»

«Адякэ ёв сыклякирдя, дякэ,» пхэндя Грифоно, и адякэ жэ дэя ґондя; и дуй-дженэ гарадэ лэнгирэ муя дро васта тугаса.

«И кицы мардэ дро дывэс тумэн сыклякирнас?» пхучья Алиса, соб сыго тэ парувэл ада пхари тема.

«Дэш мардэ дро пэрво дывэс,» пхэндя Подкэрды Черепаха, «еня—дро вавир, охто—дро трито, и адякэ дурэдыр.»

«Саво интересно плано!» годладэя Алиса.

«Ваш адава сы резоно: ёнэ кхарэнпэ уроки, на бароки,» Грифоно додэя, «палдава ёнэ на барьёна дывэсэстыр дро дывэс, а урняна локхэс.»

Адава сыс сарэса нэви идея вашэ Алисакэ, ёй думиндя пабутка побутэдыр, и пхэндя. «И, ґалёв, дро дэщуекхто дывэс тумэнгэ уроки на дэнас сарэса?»

«Чячё, дякэ сыс,» пхэндя Подкэрды Черепаха.

«И со сыс дро дэшудуйто дывэс?» Алиса втходяпэ э хачкирдэ интересоса.

«Ухтылла палэ уроки,» Грифоно пиримардя ла дриван хуласкирэ тоноса и затходя э Черепаха. «Роспхэн лакэ акана со-то палэ кхэлыбэна.»

## ШЭРО X

# Морёскиро Кхэлыбэн

Подкэрды Черепаха киркэс дэя ґондя, и выкхостя дыкхлорэса киндякирдэ якха. Ей дыкхья прэ Алисатэ и зумадя тэ ракирав, нэ минута или дуй ясва тасакирнас лакири глос. «Сыр бы латэ попэя кокалыцо дро кирло,» пхэндя Грифоно; трэби ла мишто тэ встринкирас упрэ ґэрэнца. Кэ концо Подкэрды Черепаха налатхья пэскири чячюны глос, и, мэк ясва чивэлас пирэ чямья, ей втходяпэ э нэвэ лавэнца:—

«Ту на джидян бут времё тэло паны дрэ морё?» («Мэ— нат,» пхэндя Алиса) «... и, ґалёв, тутэ нанэ джинлэ омары?» (Алиса скэдэяпэ тэ пхэнэл. «Мэ зумадём екхэс...» нэ сыго придандырдя пэскэ чиб, и пхэндя э годяса.—«Нат, николи»)—«... нэ, тутэ нанэ идея, сави шукар сы Омароскири Кадриль!»

«Нат, чячё,» пхэндя Алиса. «Саво танцо исы адава?»

«Нэ,» пхэндя Грифоно, «пэрво фигура сы—сарэ тэрдэ дрэ линия про брэго...»

106

«Дуй линии!» годладэя Подкэрды Черепаха. «Улитки, селёдки и сарэ ваврэ маче англэдыр жужакирдэ брэго, соб медузы на плэнтынэнас тэлэ ґэра...»

«Ваш *одова* трэби времё,» пиримардя ла Грифоно.

«... англэдыр проджяса дуй молы...»

«И кажно—э омароса тэло васт!» годладэя Грифоно.

«Чячё,» Подкэрды Черепаха пхэндя, «англэдыр дуй молы, крэнцынасапэ...»

«...парувасапэ омарэнца, и рисёваса палэ—др одо само манера,» лэя тэ пхэнэл дурэдыр Грифоно.

«Акэ, ту джинэс,» Подкэрды Черепаха втходяпэ, «кэ концо вычюрдаса...»

«Омарэн!» годладэя Грифоно, и ухтя упрэ э барэ радатыр.

«... подурэдыр...» подухтылдя Подкэрды Черепаха.

«И плывинаса палэ лэндэ!» дэя годла Грифоно.

«Крэнцынасапэ дро морё!» годладэя Подкэрды Черепаха и гэя ангрустяса пиро брэго.

«Парувасапэ омарэнца нэвэс!» подухтылдя Грифоно э санэ глосяса.

«Рисёваса ко брэго нэвэс, и—кончинаса пэрво фигура,» пхэндя Подкэрды Черепаха, екхатыр э притасадэ глосяса; и сарэ дуй-дженэ, савэ ухтэнас би-годякирэс саро дром, пэнэ прэ пхув и дриван тихэс дыкхнэ прэ Алисатэ э гарадэ тугаса.

«Одова сы, ґалёв, дриван гожо танцо,» пхэндя Алиса ладжявэс.

«Камэс тэ подыкхэс екх котэр?» пхучья Подкэрды Черепаха.

«Дриван бут, чячё,» пхэндя Алиса.

«Авэн, сыкаваса пэрво фигура!» пхэндя Подкэрды Черепаха Грифоноскэ. «Амэ кэраса адая простэс, би-омарэнгирэс, ту джинэс. Кон багала?»

«Ах, *ту* бага,» пхэндя Грифоно. «Забистэрдём лава.»

Адякэ ёнэ лэнэ тэ кхэлэн пхутькирдэс, крэнцынэнас ангрустяса пашэ Алиса, кажно моло, коли ёнэ явнэ пашэдыр, отмарэнас ґэраса ритмо, а Подкэрды Черепаха затырдэя дриван насыгэс и барэ тугаса:—

«„Джя-ка сыгыдыр, селёдка“, ла кхосатка помангья,
„Собы мри пори ґэрэнца рако на притасадя.
Кай омары, черепахи—сыго ласа тэ прастас!
Дужакирна прэ музыка, ла мэраса тэ шунас?“
   На камас, камас амэ ли—лэнца тэ кхэлас?
   На камас, камас амэ ли—лэнца тэ кхэлас?

„Ту сарэса на галёса, сыр шукар сы адава,
Сыр амэн упрэ чюрдэла зорало панытко васт!“
Нэ парикэрдя селёдка: „Дякэ дур амэ дарас“.—
Подыкхья прэ кхосаткатэ: „Мандыр на лэса тэ сас?“
На дарас, родас амэ ли—лэнца тэ кхэлас?
На дарас, родас амэ ли—лэнца тэ кхэлас?


„Ничи, кай дур амэ тэ джяс?“—пхучелас лондэны,—
„Вавир сы брэго, кай чячес сы воля—хуланы.
Дур амарэ пхувъятыр джя,—дой Францыя дыкхас…
Нэ, на парнёв, селёдка, ту, джя лэнца тэ кхэлас“.
На камас, камас амэ ли—лэнца тэ кхэлас?
На камас, камас амэ ли—лэнца тэ кхэлас?..»


«Парикэрав, одова сы дриван интересно танцо,» пхэндя Алиса, и сыс дриван радо, коли адава кончиндяпэ, «и саро сыс адякэ интересно, одоя гилы палэ селёдкатэ!»

«Ах, палэ селёдкатэ,» пхэндя Подкэрды Черепаха, «ёнэ—ту дыкхьянпэ лэнца, чячё?»

«Аи,» пхэндя Алиса, «дыкхьём лэн чястэс про ска…» и ёй придандырдя пэскэ чиб сыгэс, соб тэ на пхэнэл скаминд.

«Мэ на джином, кай сы Ска,» пхэндя Подкэрды Черепаха, «нэ, сыр тумэ чястэс дыкхнэпэ, чячё, ту джинэс, сыр ада селёдка дыксёл?»

«Мэ патяв, аи,» Алиса отпхэндя задуминдлы. «Пори дро муй—и сари тэлэ пурум.»

«Нанэ чячё—палэ пурум,» подпхэндя Подкэрды Черепаха, «сави пурум дро морё? Нэ ёнэ рикирэна порья дрэ муя; и ваш адава сы резоно…» адай Подкэрды Черепаха зевиндя и закэрдя якха. «Пхэн лакэ пало резоно и адякэ дурэдыр,» ёй припхэндя Грифоноскэ.

«Ах, резоно,..» пхэндя Грифоно, «сыр ёнэ джяна омарэнца ко танцо… Адякэ ёнэ вычюрдэна лэн дро морё.

Адякэ ёнэ пэрэна андрэ. Адякэ ёнэ тховэна порья дрэ муя. Адякэ ёнэ на вылэна порья муендыр. Адава саро!»

«Парикэрав,» пхэндя Алиса, «одова сыс дриван интересно. Мэ на джином дякэ бут палэ селёдкатэ англэдыр.»

«Мэ роспхэнава тукэ бутыр, коли камэс,» пхэндя Грифоно. «Джинэс, состыр кхосатка кхарэлпэ „кхосатка“?»

«Николи на думиндём,» пхэндя Алиса. «Состыр?»

«*Адава мишто вашэ тыраха и тривики!*» Грифоно ґаздэя пальцо и подпхэндя дриван пхутькирдэс.

Алиса сыс сарэса змарды толкостыр. «*Адава мишто вашэ тыраха и тривики?*» ёй повториндя э дриван задуминдлэ тоноса.

«Нэ, со сы мишто вашэ *тырэ* тривики?» пхучья Грифоно. «Адава со кэрэл?»

Алиса дыкхья адай и одой, думиндя зоралэс англэдыр, сыр ёй отпхэндя. «Макхибэн?—мэ патяв…»

«Тыраха и тривики тэлэ адава,—со?» надужакирдэс втходяпэ Грифоно. «Ёнэ блистинэна. Акана ту джинэс!»

«И состыр блистинэна?» Алиса пхучья э зоралэ интересоса.

«Блистинэна—кхоснэ!» Грифоно отпхэндя набут сыгэдыр, сыр трэби. «И кхосатка сы кхосны.»

«Коли бы явьём кхосатка,» пхэндя Алиса, ёй думиндя саекх палэ гилы. «Мэ бы пхэндём э ракоскэ адякэ: „Рикирпэ подурэдыр, мангав! Амэ на камас, соб *ту* джясас амэнца! Ту, началка!“ дякэ бы мэ пхэндём.»

«Трэби, собы рако джялас лэнца,» пхэндя Подкэрды Черепаха. «Нат, лачё мачё джяла кай-на-ками э ракоса кхэтанэ.»

«Трэби? Э ракоса?» пхучья Алиса, и поляя, сыр баро сюрпризо адава здэяпэ ваш лакэ.

«Чячё, аи!» пхэндя Подкэрды Черепаха. «Коли екх мачё явья кэ *мэ* и роспхэндя, кай скэдэяпэ тэ джял, „Сы рако?“ мэ пхучявас.»

«Адава значинэла „сыр акэ”?» пхучья Алиса.

«Адава значинэла, со мэ пхэнав!» Подкэрды Черепаха отпхэндя дриван обижэннонэ тоноса. И Грифоно додэя. «Авэн, фэдыр пошунаса *тыри* история.»

«Мэ можынав тэ роспхэнав тумэнгэ мири история,—сави сыс прогэны ададывэс,» пхэндя Алиса набут трашаны, «нэ адай нанэ толко тэ рисёвав палэ кэ атася, палдава сыр мэ сомас вавир и одолэ поратыр бут молы пирипарудёмпэ.»

«Сыр адава, досыкав?» пхэндя Подкэрды Черепаха.

«Нат, нат! Тыри история—англэдыр,» пхэндя Грифоно э пхарэ тоноса, «а тэ досыкавас—тэ хаськирас времё.»

Адякэ Алиса лэя тэ роспхэнэл лэнгэ саро, со скэрдяпэ ласа, коли ёй пэрво моло удыкхья Парнэс Шошорэс. Ёй сыс набут рознашады англэдыр, нэ дуй-дженэ подбэшлэ пашэдыр, дуе бокэндыр, и откэрдэ пэскирэ якха и муя *дриван* буґлэс э дивостыр; и ёй розгэяпэ и забистэрдя пэскири страх. Ёнэ шундлэ ла сарэса спокойнэс, пока ёй на дорэстя ко штэто, кай ёй повторинэлас *Ту пхуро, Дадо Билл* э Кирмэскэ, а лава сыс пирипарудэ, сыр про грэхо, и адай Подкэрды Черепаха дэя ґондя и пхэндя «Одова сы дриван интересно!»

«Адава сы дякэ интересно, сыр чячипэн,» пхэндя Грифоно.

«И лава сарэ пирипарудэпэ!» Подкэрды Черепаха повториндя задуминдлы. «Мэ камам тэ шунав, сыр ту со-то амэнгэ сыкавэса. Припхэн лакэ!» Ёв дыкхья прэ Грифоноскэ, сыр бы ёй думиндя, со ёв сы саво-то авторитето ваш Алисакэ.

«Ушты и повторинэ: „И кирно мурш пхэндя“,» пхэндя Грифоно.

«Сыр сарэ *адай* камэн тэ затховэн и припхэнэн, сыр прэ уроки!» думиндя Алиса. «Сыр дрэ школа!» Нэ ёй сыс кандэны, уштэя и лэя тэ повторинэл, нэ лакиро шэро сыс пхэрдо омарэнца, ёй на полэя, со выгэя лакирэ вуштэндыр, а лава, савэ доурняндэнэ лакэ дро кана, сыс дриван дивна, чячё тэ пхэнав:—

«И Омаро пхэндя: „Ту пэкъян ман дриван,
Нэ гудло прэ бала мангэ ту на чюдян.“
Ёв псирэл барвало и шукар уридо,
Ёв газдэл пэскро накх, барипнаса пхэрдо.
Коли брэго шуко,—ёв бахтятыр кхэлэл,
Дур акулы,—прэ лэндэ ёв волна традэл;
Нэ акулы сы надур, коли хор сы паны,—
Паруды э страхатыр, латэ глос сы саны.»

«Ей пхэнэл ваврэс, на дякэ, сыр амэ пхэнасас, коли самас тыкнэ,» пхэндя Грифоно.

«А *мэ* николи на шундём ада англэдыр, коли сомас тыкны,» пхэндя Подкэрды Черепаха, «нэ саекх адава сы пхэрдо дылныпэн.»

Алиса на пхэндя ничи: ёй бэстя прэ пхув и сгарадя пэскиро муй дрэ васта, лакэ на патяндэяпэ, собы со-то пирипарудяпэ дякэ, собы саро *коли-наяви* рисия про чячюно дром.

«Мэ патяв, ту саро амэнгэ ростолкинэса,» пхэндя Подкэрды Черепаха.

«Ёй на можынэла,» пхэндя Грифоно сыгэс. «Фэдыр зумав со-то вавир, пхэн дурэдыр.»

«Нэ палсо „*ёв газдэл пэскро накх*“?» Подкэрды Черепаха пирипхучья. «Сыр ёв *можынэла* тэ кэрэл адава? Ту дыкхьян лэскиро накх, а? Омароскиро накх, полэян?»

«Адава сы пэрво позицыя дрэ адава кхэлыбэн,» Алиса пхэндя; нэ ёй сыс зоралэс разнашады адалэ сарэстыр и ужэ камья тэ парувэл тема.

«Авэн, трэби тэ пхэнэс амэнгэ вавир стихо,» повториндя Грифоно, «кай начало сы „*Задыкхьём мэ дрэ да садо…*“ и адякэ дурэдыр.»

Алиса на камья тэ сыкадёл накандэны, мэк ёй и полэя, со адава на выджяла шукар, нэ ёй лэяпэ тэ ракирэл э тринскирдэ глосяса:—

> «*Задыкхьём мэ дрэ да садо, дрэ да садо-винаградо:*
> *Сова Пантэраса—ёй роскэрдя хабэн одой,*
> *Со Пантэра ачявэлас, одо Сова подкэдэлас,*
> *И сыр дуй пхэня ёнэ ханас-пьенас кхэтанэ.*
> *Шукар свэнко дрэ да садо, дрэ да садо-винаградо:*
> *Сыр Пантэра кончиндя, пири Сова лизиндя,*
> *Пантэра бокх роскэдэлас, прэ Соватэ подыкхэлас,*
> *Дро васта лэя чюри: кай сыс пхэн—ятя…*»

«*Саво* толко тэ повторинас адава дылныпэн?» пиримардя ла Подкэрды Черепаха, «коли ту на можынэс тэ роспхэнэс, со адава ваще значинэл? Адава сы дасаво баро дылныпэн, дасаво баро, савэстыр мэ николи на шундём барэдыр!»

«Аи, мэ думинав, тукэ фэдыр тэ на кончинэс,» пхэндя Грифоно, и Алиса сыс токо радо тэ запхандэл пэскиро муй.

«Авэн, зумаваса вавир фигура дрэ Омароскири Кадриль?» втходяпэ Грифоно. «Или фэдыр помангаса э Подкэрдэ Черепахатыр, соб ёй тэ збагал сави-то вавир гилы?»

«Ах, гилы! Мангав, коли Подкэрды Черепаха явэла адякэ ковлы, коли лакэ пиро ди,» Алиса помангья дякэ хачкирдэс. Нэ Грифоно отпхэндя дажэ набут киркэ шылалэ глосяса. «Мхм! На трэби тэ гинаспэ, со конэскэ пиро ди! Збага лакэ „Черепахакири Зуми“, мишто? Мро пхуро друго!»

Подкэрды Черепаха дэя гондя зоралэс, и, мэк лакири глос на могиндя сарэса тэ згаравэл роибэна, лэя тэ багал адава:—

*«Шукар Зуми, ратякири,*
*Дрэ хачкирды бари пири!*
*Пхувитка, мас, кхурми, ярми...*
*Ратякири, шукар Зуми!*
*Ратякири, шукар Зуми!*
    *Шука—а—ар Зуми!*
    *Шука—а—ар Зуми!*
*Ра—а—атякири—и—и,*
    *Шукар, шукар Зуми!*

*«Шукар Зуми! Шарэна сыр*
*Вавир хабэ? Ту сан фэдыр!*
*Кон палэ латэ на думин,*
*Коли куч мол шукар Зуми?*
*Коли куч мол шукар Зуми?*

Шука—а—ар Зуми!
Шука—а—ар Зуми!
Ра—а—атякири—и—и,
Шукар, шукар ЗУМИ!»


«Акана—хоро!» годладэя Грифоно, и Подкэрды Черепаха лэя тэ повторинэл, коли екх бари годла доурняндэя дурипнастыр. «Роскэдэибэн лэла тэ откэрэлпэ!»

«Авэн!» годладэя Грифоно и ухтылдя Алиса пало васт. Ёв на дужакирдя, коли гилы скончиндяпэ, и сыгякирдя криг.

«Со сы одова значинэл, роскэдэибэн?» пхучья запхурдэны Алиса, коли ёнэ ужэ прастандэнэ; нэ Грифоно токо отпхэндя «Авэн!» и примэкьяпэ э сарэ ґэрэндыр, сыгэдыр и сыгэдыр. Ёнэ прастанас. Лэн дорэсэлас балвалори, сави долыджия гилы, сави нашадэя дро дурипэн, а лакирэ лава, пхэрдэ киркэ Черепахакирэ тугаса, мурдэнэ би-зорья-кирэс:—


«Ра—а—атякири—и—и,
Шукар, шукар Зуми!»

## ШЭРО XI

# Кон Чёрдя Марорэ?

Червоно Крали э Кралицаса сыс бэшлэ про троно, коли Алиса и Грифоно явнэ, и лэнца кхэтанэ бут-дженэ—чячюно бутыпэн—разна тыкнэ чириклэ и разна звери, и екх пхэрды клода патря. Чёроро Валето сыс тэрдо англэдыр сарэндыр, спханло дрэ састыра, дуй солдаты сыс тэрдэ ко кажно боко тэ рикирэн лэс. Пашэ Кралистэ сыс тэрдо Парно Шошоро. Ёв рикирлас э дудкица дро екх васт, а скрэнцындло лыл пергаменто—дро вавир. Дро сэндоскиро зало сыс скаминд, кай сыс пашлэ марорэ дро баро чяро: ёнэ дыксёнас дякэ шукар, адалэстыр Алиса кэрдяпэ бокхалы. «Мэ камам, соб ёнэ кончиндлэ роскэдэибэн сыгэдыр,» ёй думиндя, «и объяндлэ сарэн гудлыпнэнца и марорэнца!» Нэ сыр-то на дыксёлас баро шансо ваш адава; и ёй лэя тэ дыкхэл дрэ разна боки соб тэ пролыджял сыгэдыр времё.

Алиса николи на сыс ко сэндо англэдыр, нэ ёй гиндя бут книжки палэ сэндоскири процэдура. И ёй сыс радо: коли уджиндя, сыр кхарнапэ сарэ мануша дрэ процэдура. «Адава сы баро сэндари,» ёй пхэндя дрэ пэскиро шэро, «палдава сыр ёв сы тэло парико.»

116

Баро сэндари, трэби тэ додас, сыс Крали кокоро; а сыр ёв чюдя пэскири корона про парико упрал (дыкх дрэ книжка прэ патрин, сыр ёв кэрдя адава), ёв на дыксёлас сарэса шукар, сыр рикирлас про шэро дасави учи конструкцыя.

«А одой штэты, кай бэшэн сэндытка,» диминдя Алиса, «а одолэ дэшудуй маса,» (ёй на пхэндя «дия» или «мануша»,— полэс лакиро чячипэн—сыр машкир лэндэ сыс и звери, и чириклэ), «мэ патяв, ёнэ и сы сэндытка.» Ёй пхэндя адава лав дуй или трин молы дрэ пэскиро шэро, и сыс пхутькирды пэскирэ годятыр: сыр ёй диминдя, и одова сы чячё, дриван набут машкир тыкнэ чяёрьендэ джинэн адава саро. Ёнэ кхарэнпэ «сэндытка» или «прибэшлэ», саекх.

А дэшудуй сэндытка со-то чинэнас пэскэ дриван сыгэс прэ пхаля. «Со ёнэ кэрэн?» Алиса шэпчиндя Грифоноскэ. «Соскэ кажно сы дякэ залымо, пока дажэ и роскэдэибэн нанэ.»

«Ёнэ чинэн пэскирэ кхарибэна,» Грифоно шэпчиндя лакэ, «палдава сыр ёнэ дарэн тэ забистрэн лэн сыгэдыр, сыр роскэдэибэн кончиндяпэ.»

«Дылныпэна!» Алиса лэя тэ роспхэнэн прэ адая ладж э зоралэ глосяса; нэ ёй кончиндя екхатыр, сыр Парно Шошоро годладэя. «Штылыпэн дро сэндо!» и Крали чюдя прэ накх пэскирэ якхитка и обдыкхьяпэ трашанэс, сыр ёв на полэя, кон ракирэл дро зало.

Алиса, кицы ёй можындя тэ дыкхэл, ухтылдя э якхэнца: сэндытка зачиндлэ лакиро «Дылныпэна!» прэ пэскирэ пхаля. Ёй дыкхья: екх сэндытко на джиндя, сыр тэ чинэл адава лав, и вавир сэндытко сыкадя лэскэ. «Дасавэ годьварэ маса накхувэна бут хохаибэна, пока роскэдэибэн кончинэлапэ!» диминдя Алиса.

Ко екх сэндытко о пор, коли чиндя, скрипиндя зуралэс противно. Адалэстыр, чячё тэ пхэнав, Алиса на можындя тэ вырикирэл, и ёй подкэдэяпэ кэ ёв палал, и дриван сыгэс выухтялдя о пор. Ёй кэрдя адава дякэ сыгэс. Чёроро сэндытко (одова сыс лакиро джиндло Билло, тыкно Ящеро) сарэса на полэя, кай пропэя лэскиро пор, и лэя тэ чинэл пальцоса дурэдыр; мэк адалэстыр на сыс дриван бут толко, сыр пальцо на кэрдя линия.

«Секретарё, гин лэскири вина!» припхэндя Крали.

И Парно Шошоро дэя шоля трин молы дрэ пэскири дудкица, насыгэс роскрэнцындя пергаменто, и гиндя дасаво:—

«Червоно Кралица кэрдя марорэ,
Екх молыцо сыс дрэ лынай:
Червоно Валето чёрдя марорэ,
И лэн на латхэса никай!»

«Придуминэнти тумаро вердикто,» Крали припхэндя ко сэндытка.

«Нат, пока нат!» Шошоро сыгэс пиримардя лэс. «Англэдыр трэби тэ кэрас саро пирэ процэдура!»

«Лыджя андрэ пэрвонэ свидетелёс,» припхэндя Крали; и Парно Шошоро нэвэс дэя шоля трин молы дрэ пэскири дудкица и дэя годла. «Пэрво свидетелё!»

Одо пэрво свидетелё сыс Стадэнгиро. Ёв явья, о тахтай дро екх васт и о котэр маро ксилэса дро вавир. «Простинэ, тумаро Барипэн,» ёв лэя тэ пиримангэлпэ, «мэ яндём пэса хабэн, сыр мэ нисыр на кончинава миро чяё.»

«Трэби, собы кончиндян,» пхэндя Крали. «Коли ту начниндян?»

Стадэнгиро обрисияпэ ко Мартоскиро Шошой, саво явья лэса ко сэндо и рикирдя э Сунэнгирэс тэлэ пхак. «Дэшуштарто марто, мэ *думинав*,» отпхэндя Стадэнгиро.

«Дэшупанджто,» пиримардя лэс Мартоскиро Шошой.

«Дэшушовто,» пхэндя дро соибэн Сунэнгиро.

«Чинэнти адава, сэндытка,» припхэндя Крали; и сэндытка лэнэ джидэс тэ зачинэн сарэ трин числы прэ пхаля, а кон-то ужэ стходя лэн кхэтанэ, а вавир и пирилыджия дро ловэ: шиллинги и пенсы.

«Злэ тыри стады,» Крали припхэндя Стадэнгирэскэ.

«Адая нанэ мири,» отпхэндя Стадэнгиро.

«*Чёрды!*» Крали годладяэ, обрисияпэ ко сэндытка, а ёнэ екхатыр стходэ оттиныбэн палэ адава.

«Мэ кэрдём ла тэ бикнав,» Стадэнгиро додэя, соб сарэ полэнэ. «Нэ адая стады нанэ мири. Мэ сом стадэнгиро пиро залэибэн.»

Адай и Кралица чюдя про накх лакирэ якхитка, и лэя тэ схачкирэл якхэнца чёрорэс Стадэнгирэс. Ёв попарнэя, сыр ив, а лэскирэ гэра э страхатыр подпхадинэ.

«Дэ тыро допхэныбэн,» припхэндя Крали, «и на рознашавпэ, или мэ тут хаськирава екхатыр.»

Адава лав сарэса на додэя спокоё свидетелёскэ: ёв рознашадяпэ, подыкхья трашано прэ Кралицатэ, и, сыр про грэхо, отдандырдя котэр тахтай, а на маро ксилэса.

И адай сыс со-то дриван интересно. Др ада миго Алиса полэя: ёй на можындя тэ полэл, со кэрэлпэ лакэ. Аи, ёй нэвэс лэя тэ барьёл, и ёй подуминдя англэдыр, фэдыр бы тэ джял аври; нэ дро вавир миго ёй решындя тэ ячелпэ дро сэндо, пока лакэ ухтылла штэто.

«Мэ мангав, на тасакир ман адякэ зоралэс,» пхэндя лакэ Сунэнгиро, саво сыс бэшто пашэ латэ. «Мэ на можынав тэ спхурдав.»

«Нанэ со тэ кэрав,» пхэндя Алиса дриван ковлэс. «Мэ барьёвав.»

«Нанэ дасаво правило тэ барьёс *адай*,» пхэндя Сунэнгиро.

«На ракир дылныпэн,» пхэндя Алиса пхарэс, «ту джинэс, ту и кокоро барьёс акана.»

«Аи, нэ *мэ* барьёвав, сыр трэби, на дякэ сыгэс,» пхэндя Сунэнгиро э обижэннонэ тоноса, «на дрэ адава дылэны манера. А ту барьёс дриван сыгэс,» и ёв пирибэстя дрэ вавир залоскиро вэнгло.

Саро ада времё Кралица выпуравэлас якха прэ Стадэнгирэстэ, и, сыр токо Сунэнгиро пирибэстя, Кралица припхэндя екхэ сэндоскирэ халадэскэ. «Дэ мангэ о списко—сарэ кхарибэна, кон баганда прэ миро баро концэрто!» Чёроро Стадэнгиро затринскирдяпэ дякэ зоралэс, дажэ лэстэ тривики зурняндэнэ гэрэндыр.

«Дэ тыро допхэныбэн,» Крали повториндя холяса, «или мэ тут хаськирава, мэк рознашадо ту сан, или нат.»

«Мэ сом чёроро мануш, тумаро Барипэн,» Стадэнгиро лэя тэ ракирэл э тринскирдэ глосяса, «и мэ на кончиндём миро чяё—ужэ екх курко или бутыр—и маро и ксил кончинэнапэ—и чяё урнял…»

«*Со* урнял?» пхучья Крали.

«Сыкадёл мангэ, *начялостыр* урнялас чяё,» Стадэнгиро отпхэндя.

«Чяё тутыр урнял? Ту сан на-чяло? Куркэнца пьеса чяё, и на сан чяло!» пирипхучья Крали сыгэс. «Ту рикирэс ман палэ дылэнэстэ?»

«Мэ сом чёроро мануш,» Стадэнгиро втходя пэскиро лав, «и мангэ здэлпэ, сыр бы одолэ концэртостыр саро урнял— токо Мартоскиро Шошой пхэндя…»

«Мэ на пхэндём ничи!» Мартоскиро Шошой пиримардя лэс хачкирдэс.

«Пхэндян!» тасадя прэ пэскиро Стадэнгиро.

«Мэ отпхэнавпэ!» пхэндя Мартоскиро Шошой.

«Ёв отпхэнэлпэ,» пхэндя Крали. «На зачинэнти адава!»

«Мишто, нэ Сунэнгиро пхэндя…» Стадэнгиро втходя лав, дыкхиндуй трашанэс прэ лэстэ, на отпхэнэлпэ ли ёв; нэ Сунэнгиро на отпхэнэл ничи, сыр сыс засуто.

«Нэ,» лэя тэ пхэнэл дурэдыр Стадэнгиро, «мэ отчиндём пэскэ екх котэр маро…»

«Нэ со пхэндя Сунэнгиро?» пирипхучья екх сэндытко.

«Мэ на рипирдём,» пхэндя чёроро Стадэнгиро.

«*Трэби* тэ рипирэс,» втходяпэ Крали, «или мэ тут хаськирава.»

Трашано Стадэнгиро равдя о тахтай и о маро, ёв пэя прэ чянга и ёв лэя тэ ровэл. «Тумаро Барипэн! Мэ сом чёроро мануш!»

«Ту сан *дриван* чёроро *ораторо*, мэ дыкхав,» пхэндя Крали.

Адай екх морёскиро балычёро лэя тэ ухтэл годлэнца, и дуй сэндоскирэ халадэ екхатыр прилэнэ лэс, и ёв попэя тэлэ репрессии. (Адава лав тукэ набут пхарэс тэ полэс, мэ роспхэнав фэдыр. Халадэ лынэ екх баро гоно, чюрдэнэ э балычёрэс упрэ гэрэнца андрэ, запхандлэ гоно и притасадэ лэс, бэшлэ прэ лэстэ.)

«Мэ сом радо, коли мэ удыкхьём кэ концо, сыр адава дыксёл,» думиндя Алиса. «Мэ чястэс дыкхьём дрэ нэвипэна: „О протесты скончиндлэпэ, сарэ запхандлэ попэнэ тэлэ репрессии“, и мэ нисыр на полэём, со адава значинэл.»

«Коли адава саро, со ту джинэс, джя э трибунатыр тэлэ,» Крали лэя тэ лыджял э сэндоскири процэдура дурэдыр.

«Мэ на можынав тэ джяв тэлэдыр,» пхэндя Стадэнгиро. «Мэ сом тэлэ, тэрдо про паркето.»

«Можынэс тэ *бэшэс*,» Крали отпхэндя.

Адай вавир морёскиро балычёро выухтя годлэнца и попэя тэлэ репрессии.

«Морёскирэ балычёрэ кончиндлэпэ!» думиндя Алиса. «Акана амэ джяса пирэ процэдура сыгэдыр.»

«Мэ на кончиндём миро чяё,» пхэндя Стадэнгиро, трашано, и подыкхья прэ Кралицатэ, сави дыкхья дро списко, кай сыс кхарибэна одолэнгирэ, савэ багандлэ прэ лакиро баро концэрто.

«Можынэс тэ джяс,» пхэндя Крали, и Стадэнгиро сыгэс почюрдэя сэндоскиро зало, дажэ забистэрдя тэ закэдэл счюрдэнэ тривики.

«… и чингирэнти лэскиро шэро криг,» Кралица додэя экхэ халадэскэ; нэ Стадэнгиро ужэ схаськирдяпэ э якхэндыр сыгэдыр, сыр халадо откэрдя вудар.

«Кхарэнти нэвэс свидетелёс!» припхэндя Крали.

Нэво свидетелё сыс Барэ-Ранякири хабнэнгири. Ёй яндя пири э перцоса дро васта, и Алиса зг'алэя, кон ёй сыс, англэдыр, сыр ёй сыкадэя дро сэндо. Трэби тэ додас, сарэ мануша пашо вудар лэнэ тэ дэн чик кхэтанэ екхатыр.

«Дэ тыро допхэныбэн,» припхэндя Крали.

«На трэби,» отпхэндя хабнэнгири.

Крали дыкхья трашанэс прэ латэ, сыр Парно Шошоро пхэндя э гудлэ глосяса. «Тумаро Барипэн, трэби *адалэ* свидетелька тэ роспхучес пофэдыр.»

«Мишто, сыр трэби, трэби,» Крали пхэндя э шутлыпнаса, стходя пэскирэ васта трушылэса и холямэс подыкхья прэ хабнэнгирьятэ. Ёв пхучья латыр э барэ глосяса. «Состыр сыс скэрдэ адалэ марорэ?»

«Перцо, бутыр сарэстыр,» пхэндя хабнэнгири.

«Ягвин,» пхэндя пашсуты глос палэ лакиро думо.

«Ухтыл лэс, адалэс Сунэнгирэс!» Кралица дэя годла. «Чингирэнти лэскэ шэро! Вытрадэнти лэс аври э сэндостыр! Тэлэ репрессии лэс! Щипкэнца! Вырискирэнти лэскирэ вэнсыцы!»

Панч минуты или бутыр саро сэндо сыс рознашадо и залымо,—ухтылнас Сунэнгирэс, рисёнас прэ пэскирэ штэты, дрэ дава времё хабнэнгири э барэ годяса знашадэя яхэндыр.

«Мишто, ничи!» пхэндя Крали и спхурдэя э локхипнаса. «Кхарэнти нэвэс свидетелёс.» И ёв прошэпчиндя э Кралицакэ, «Акана, мири бахт, ту роспхучеса э нэвэс свидетелёс. Мэ сом кхино, и шэро ман дукхал!»

Алиса дыкхья прэ Парнэ Шошорэстэ, сыр ёв роскрэнцындя баро лыл. Лакэ сыс дриван интересно тэ уджинэл, кон сы нэво свидетелё. «А ёнэ *пока* дорэснэ набут допхэныбэна,» ёй пхэндя дрэ пэскиро шэро. Адава сыс баро сюрпризо, коли Парно Шошоро выпхэндя э санэ глосяса—лакиро кхарибэн. «Алиса!»

## ШЭРО XII

# Алиса Кай о Сэндо

«А дай сом!» годладэя Алиса. Ёй сарэса забистэрдя др одо миго, сыр учи ёй сы акана, сыр выбарьякирдя дрэ последня минуты. Ёй взухтя дасавэ зорьяса и наками зачиладя ада скамейка, кай бэшлэ сэндытка. Ёнэ розурняндэнэпэ пиро саро зало и на ракирнас ничи. Ёй зрипирдя, сыр екх курко англэдыр ёй наками пириравдя аквариумо, и совнакунэ мачёрэ дякэ жэ розурняндэнэпэ, пасёнас и откэрэнас вушта би-лавэнгирэс.

«Ах, простинэнти ман!» ёй годладэя э глосяса, сави сыс рознашады, и лэя сыго тэ скэдэл лэн и розбэшавэн пирэ штэты, сыр совнакунэ мачёрэ на гэнэ лакэ э шэрэстыр, и ёй на можындя тэ отчюрдэл идея, сыр бы сэндытка мэнэ, коли ёй лэн тэ на скэдэл и тэ на ростховэл пиро рэндо.

«Роскэдэибэн на явэла дурэдыр,» пхэндя Крали э дриван пхарэ глосяса, «мэк сарэ сэндытка рисёна прэ пэскирэ штэты—*сарэ*,» ёв повториндя э притасадэ тоноса и дыкхья пхарэс прэ Алисатэ, сыр ёв пхэндя дасавэс.

Алиса вздыкхья прэ скамейка и полэя: ёй сыгякирдяпэ и тходя Ящерос упрэ ґэрэнца, и чёроро тыкно джено крэнцындя порьяса, нэ на можындя тэ бэшэл, сыр трэби. Ёй сыго тходя Биллос, сыр трэби. «Нэ адава ничи на значинэла,» ёй пхэндя дрэ пэскиро шэро. «Мэ патяв, саекх окэ и акэ, лэстыр явэла *ада само* толко вашо роскэдэибэн.»

Токо сэндытка набут росбэшлэпэ, ёнэ лынэ дро васта пэскирэ пора и пхаля и екхатыр лэнэ тэ зачинэн сари история, сави скэрдяпэ лэнца дрэ последнё минута, и кэрэнас адава дриван серьёзнэс. Нэ Ящеро Билло нисыр на можындя тэ скэдэлпэ, ёв дыксёлас примардо и выпурядя пэскирэ якхорья прэ сэндоскири люстра.

«Со ту джинэс палэ адава саро?» Крали пхучья э Алисатыр.

«Ничи,» пхэндя Алиса.

126

«Ничи *сарэса?*» тасадя Крали.

«Ничи сарэса,» отпхэндя Алиса.

«Адава сы дриван важно,» пхэндя Крали, рисино ко сэндытка. Ёнэ лэнэ тэ чинэн адава пэскэ прэ пхаля, коли Парно Шошоро пиримардя. «*Нанэ* важно, тумаро Барипэн камэл тэ пхэнэл, чячё?» ёв пхэндя адава дриван серьёзнэс и сарэ патываса, нэ, коли ракирдя адава э Кралискэ, бандякэрдя дылэнэ мины.

«*Нанэ* важно, чячё, камьём тэ пхэнав,» Крали сыгэс отпхэндя лэскэ и лэя тэ шэпчинэл пэскэ, «важно—нанэ важно—нанэ важно—важно...», сыр бы ёв выкэдэлас, сыр тэ пхэнэл фэдэдыр.

Екхэ сэндытка зачиндлэ пэскэ «важно», а ваврэ—«*нанэ* важно.» Алиса можындя тэ дыкхэл адава, сыр ёй сыс тэрды надур лэндыр и дыкхья прэ пхаля. «Нэ адава ничи на значинэла,» подуминдя ёй дрэ пэскиро шэро.

И Крали, коли со-то сыго зачиндя дрэ пэскиро блокното, дэя годла «Штылыпэн!» и екхатыр лэя тэ гинэл адалэстыр. «Правило номеро Саранда-дуй. *Сарэ персоны, сывэнгиро учипэн сы бутыр екхэ километростыр, почюрдэна сэндоскиро зало.*»

Сарэ дыкхнэ прэ Алисатэ.

«*Мэ* на сом екх километро учи,» пхэндя Алиса.

«Ту сан,» пхэндя Крали.

«Гин, дажэ дуй километры,» додэя Кралица.

«Мишто, мэ сарэса на камам тэ почюрдав зало,» пхэндя Алиса. «Додав: адава нанэ чячюно правило, ту придуминдян лэс акана.»

«Адава сы пурано правило, само пэрво дро миро блокното,» пхэндя Крали.

«Сыр адава сы чячё, адая сы правило Номеро Екх,» ухтылдя лэс Алиса.

Крали попарнэя, и закэрдя лэскиро блокното сыгэс. «Придуминэнти тумаро вердикто, сэндытка,» ёв пхэндя э тринскирдэ глосяса.

«Амэндэ сы екх нэво допхэныбэн, пока нанэ роздыкхно, мангав тумаро Барипэн,» сыго выухта англэ и пхэндя Парно Шошоро, «адава сы екх конверто, токо-со латхно.»

«Со сы андрэ?» пхучья Кралица.

«Мэ на откэрдём пока,» пхэндя Парно Шошоро, «ґалёв, адава сыс екх лыл, бичядо э запханДлэ Валетостыр—э-э на джином конэскэ.»

«Чячё, конэскэ!» пхэндя Крали, «сыр бы ёв бичядя лыл никонэскэ, адава нанэ... адава сы... адава нанэ,.. ту джинэс.»

«Конэскэ?» пхучья екх сэндытко.

«Лыл нанэ бичядо сарэса,» пхэндя Парно Шошоро, «чячё тэ пхэнав, ничи нанэ чиндло про конверто.» Ёв роскэрдя лыл, пока ракирдя, и додэя: «Адава кэ концо нанэ информацыя, токо поэзия.»

«Адава сы чиндло э запхандлэскирэ вастэса?» пхучья вавир сэндытко.

«Нат, нанэ лэскиро васт,» пхэндя Парно Шошоро, «и адава сы зоралэс дивно.» (Сарэ сэндытка пиридыкхнэпэ рознашадэс.)

«Ёв подкэрдя ваврэскиро васт,» пхэндя Крали. (Сарэ сэндытка пиридыкхнэпэ э радаса.)

«Мангав тумаро Барипэн,» пхэндя Валето. «Мэ на чиндём ада лыл, и ёнэ на досыкадэ, сыр бы сы миро: кэ концо, нанэ миро подчиныбэн кэ концо.»

«Нанэ подчиныбэн?» пхэндя Крали. «Адава токо кэрэла тыри вина пхарэдыр. Сарэ нормальна мануша на дарэна тэ тховэн пэскиро подчиныбэн дро лыл. Со-то ту камьян тэ гаравэс, коли на тходян, сыр кажно нормально мануш, пэскиро подчиныбэн?»

Сарэ лэнэ тэ марэн дро васта: адава сыс пэрво годявир лав дадывэс, саво э Кралискэ удэяпэ тэ выпхэнэл.

«Адава *досыкадэя лэскири вина, чячё,*» пхэндя Кралица. «Чингирэнти…»

«Адава на досыкавэла ничи!» пхэндя Алиса. «Никон пока на джинэл, сави поэзия сы андрэ!»

«Гин ада лыл,» припхэндя Крали.

Парно Шошоро чюдя прэ пэскиро накх якхитка. «Катыр трэби тэ начнинав, мангав тумаро Барипэн?» ёв пхучья.

«Начнинэ э начялостыр,» пхэндя Крали дриван серьёзнэс, «и гин адякэ дур, сыр на дорэсэса кэ концо.»

Др одо миго пэя муло штылыпэн дро сэндо, коли Парно Шошоро э барэ глосяса прогиндя дасави поэзия:—

*«Дыкхъянпэ ласа ту, шундём,*
 *И лэса ракирдян:*
*Ёй ман шардя, сыр мурш мэ сом,*
 *Мэк мэ на плавинав.*

*Ёв—лэнгэ: мэ на сом одой,*
 *пхэндя (Ада чячё!):*
*Скандало подгаздэла ёй,*
 *Нанэ ль тукэ лачё?*

*Мэ лакэ—екх, ёнэ дэнэ*
 *Дуй лэскэ, тукэ—трин;*
*Саро палэ дэнэ ёнэ,*
 *Кай кажно мри гасприн.*

*Сыр ласа пэс дэям андрэ,*
 *Ёв затховэлас тут*
*Лэн тэ чюрдэс (Бутя пхарэ!),*
 *Сыр ракирасас бут.*

*Патяв, ёй дрэ холы на сыс,*
*Сыр на адай ту сан,*
*Амэнгэ, лэскэ бахт исыс,*
*Сыр ту на мешындян.*


*Ту на пхэн лэскэ, сыр ёнэ*
*сыс лакэ пиро ди.*
*Ада секрето дуйджинэ*
*Амэ джинас, аи?»*


«Одова сы зоралэс важно, бутыр важно, сыр допхэныбэна, савэ амэ вышундям англэдыр,» пхэндя Крали и тхиискирдя пэскирэ васта. «Нэ, акана мэк сэндытка тэ зумавэн…»

«Сыр екх сэндытко можынэл тэ латхэл одой саво-то толко,» пхэндя Алиса (ёй ужэ барьякирдя дриван учи дрэ последня минуты, и ёй на дарэл тэ пиримарэл лэс), «мэ дава шэл мардэ адалэскэ. Нэ мэ на патяв, сыр бы одой сыс мэк екх атомо толко.»

Одова сарэ сэндытка лынэ тэ чинэн саро прэ пхаля. «Ёй на патял, сыр бы одой сыс мэк екх атомо толко,» нэ никон лэндыр на зумадя тэ ростолкинэл ада лыл.

«Сыр дрэ адава нанэ толко,» пхэндя Крали, «адава ракхэла о свэто екхэ пхарипнаса. Ту джинэс, амэ на зумавас тэ латхас саво-то толко. А пока амэ на джинас,» ёв пхэндя и росправиндя ада лыл прэ пэскирэ чянга, подыкхья дрэ адава екхэ якхаса, «саво-то толко, кэ концо, адай сы. *„Мэк мэ на плавинав…“*—ту на джинэс тэ плавинэс?» обрисияпэ ко Валето и пхучья лэстыр Крали.

Валето затринскирдя пэскирэ шэрэса. «Мэ досыкадём: мэ на плавинав?» ёв пхэндя. (Чячё, ёв на плавиндя: сыр тэ плавинэс, коли ту сан токо екх патрин э клодатыр.)

«Саро мишто, сыр амэ дыкхас,» пхэндя Крали; и ёв лэя тэ шэпчинэл пиро лыл дурэдыр. «*„Ада чячё!“* адава сы вашэ

мирэ сэндытконэнгэ, чячё!—„*Скандало подгаздэла ёй...*“—
адава сы вашэ мирэ Кралицакэ!—„*Нанэ ль тукэ лачё?*“—
Адава чячё!—„*Мэ лакэ—екх, ёнэ дэнэ дуй лэскэ...*“—сыр
ёв роздэя марорэ, тумэ акана джинэн...»

«Нэ дурэдыр сы „*Саро палэ дэнэ ёнэ*“,» пхэндя Алиса.

«Чячё, саро сыс рисино палэ!» пхэндя Крали пхутькирдэс,
сыкадя прэ марорэ про скаминд. «Ничи на можынэл тэ явэл
бутыр простэс, сыр *адава*. Гинаса дурэдыр—„*ёй дрэ холы
на сыс*“—и ёв пхучья э Кралицатыр: «Мири бахт, мэ
думинав, ту николи на саныс
дрэ холы?»

«Николи!» пхэндя Кралица
холяса и чюрдэя чернилка ко
Ящеростэ, сыр Крали
ракирдя. (Бибахтало тыкно
Билло пириятя тэ чинэл
пальцоса, сыр полэя: лэскиро
пальцо на чюдя слядо; нэ
акана ёв лэя сыго тэ чинэл
пальцоса, сыр лэстэ про муй
тхадэлас чернила, и ёв макхья
пальцо и сыс радо тэ чинэл э
киндякирдэ пальцоса.)

«И адалэ лава *на сыс* пал тутэ,» пхэндя Крали и обдыкхья сэндо э бахталэ сабнаса. Пэя муло штылыпэн.

«Адава сы про сабэн!» додэя Крали э холямэ глосяса, и сарэ засандлэпэ. «Мэк сэндытка пхэнэна лэнгиро лав. Придуминэнти тумаро вердикто,» Крали пхэндя, ґалёв, ужэ бишто моло др одо дывэс.

«Нат, нат!» пхэндя Кралица. «Приговоро англэдыр— вердикто подужакирла.»

«Пхэрдо дылныпэн!» пхэндя Алиса райканэс. «Нашты тэ выдэс приговоро пэрво!»

«Ни лав, ни паш!» пхэндя Кралица, и пололэя холятыр.

«На камам!» пхэндя Алиса.

«Чингирэнти лакиро шэро!» Кралица годладэя сарэ зорьятыр. Сарэ замэнэ.

«Кон *тут* лэла тэ кандэл?» пхучья Алиса (ёй барьякирдя дро чячюно лакиро учипэн дрэ ада время). «Тумэ—ничи, токо екх клода патря!»

Сари клода др ада миго ґаздэяпэ дро воздухо, и патря поурняндэнэ кэ Алиса; ёв дэя э назоралы годла, набут трашаны, нэ бутыр холямы, и зумадя тэ отмарэл лэн криг, и др ада миго ёв налатхья пэс пашлы про брэго, лакиро шэро сыс прэ чянга кэ лакири пхэн, сави ковлэс злэя шукэ патря, савэ напэнэ э каштэстыр прэ Алисакиро муй.

«Джянг пэс, Алиса, мири гудлори!» пхэндя лакири пхэн. «Ухтылла тэ совэс, адава нанэ мишто!»

«Ах, дасаво интересно суно сыс!» пхэндя Алиса. И ёй лэя тэ роспхэнэл пэскирэ пхэнякэ, кицы лакэ удэяпэ тэ зарипирэл, адава сари история чюдэнца, сави ту ужэ прогиндян дрэ адая книжка. И коли Алиса кончиндя пэскири история, лакири пхэн чямудэя ла и пхэндя:

«Адава *сыс* дриван интересно суно, мири бахт, дриван; нэ акана праста ко тыро чяё: тэ на явэс познэс.» И Алиса сыгэс ухтя про ґэра и прастандэя кхэрэ. И коли ёй прастандэя, думиндя—сыр ту можынэса тэ розгалёс—саво чюдно суно лакэ придыкхьяпэ.

Нэ лакири пхэн ятяпэ бэшты, э шэрэса, бандино про васт, дыкхья, сыр заджяла о кхам, и думиндя палэ тыкнэ Алисатэ и лакири чюдно История, пашсуты, ёй удыкхья ужэ пэскиро суно:

Англэдыр, ёй удыкхья э тыкнэ Алиса: лакирэ тыкнорэ васта облэнэ пхэнякирэ чянга, и лакирэ хачкирдэ якха дыкхэнас прэ пхэнятэ—шундёлас лакири дриван джиндлы глос, и сыс дыкхно, сыр дивнэс ёй встринскирэлас шэрэса, соб тэ отчюрдэл якхэндыр бала, савэ *закэрэнас* лэн упрал— и сыс шундло, или сыкадяпэ, сыр бы сыс шундло, сыр бы саро штэто пашэ латэ сыс джидо и пхэрдо: адай сыс чюдна дженэ, савэ явнэ адай—лакирэ тыкнэ пхэнякирэ сунэстыр.

Выбарины чяр зашуминдя пашэ лакирэ г'эра, коли Парно Шошоро сыгякирдя пашыл—трашано Мышо плывиндя пирэ лужа ясвэнгири—сыс шундло, сыр бряскиндлэ тахтая, коли Мартоскиро Шошой и лэскири гости пирипарувэнас штэты ко чяё, саво николи на кончинэлпэ—сыс шундлы холямы глос, коли Кралица припхэнэлас тэ чингирэн криг шэрэ лакирэ бибахталэ гостенгэ—нэвэс о тыкно балычё дэлас чик прэ Барэ-Ранякирэ чянга, а чярэ и пирья урняндэнэ пашэ лэндэ—нэвэс дэя годла Грифоно, а Ящеро Билло скрипиндя э нэвэ порэса пирэ пхал—и рундя дро гоно екх морёскиро балычёро, тасадо тэлэ репрессии, или адава паш-шундлэс рундя чёрори Подкэрды Черепаха.

Адякэ ёй сыс бэшто, э закэрдэ якхэнца, и лэя набут-по-набут тэ патял дрэ Чюдэнгири пхув, мэк ёй и джиндя: токо ёй откэрэла якха, о саро свэто екхатыр парувэлпэ дро чячипэн, кай нанэ дякэ интересна чюды—э чяр лэя тэ бандёл токо э балвалятыр, и паны лэя тэ качинэлпэ пашо камышо—на тахтая бряскинэн одой, ёнэ парудэнэ дрэ бакрэнгирэ кудуницы, и э Кралицакири глос сы адай токо э тыкнэ бакрэнгирэскири годла—на дэла чик тыкномас, на дэла годлы Грифоно, а саро чюдэнгиро шумо парувэлпэ (ёй джиндя) дрэ башаибэн, саво доурнял э фарматыр—кай гурувня дурипнастыр, здэлпэ, ровэн, сыр Подкэрды Черепаха.

Кэ концо, ёй удыкхья дрэ пэскиро шэро, сыр ада само тыкнори пхэн явэла, пирдало бэрша, екх выбарины джювлы; и сыр ёй дрэ пэскири пхурипэн явэла тэ дживэл ада самонэ чячюнэ и ковлэ кэ саро свэто илэса, саво сыс латэ дрэ чяёрьенгирэ бэрша; и сыр ёй лэла тэ скэдэл кэ пэ тыкнэн чяворэн и чяёрьен, и сыр лэна тэ хачён *лэнгирэ* якхорья, сыр ёнэ лэна тэ дужакирэн лакири истории, ґалёв, и палэ ада само суно палэ Чюдэнгири пхув; и сыр ёй лэла тэ пириджививэл лэнца сарэ лэнгирэ тыкнэ туги и сыр ёй явэла бахталы лэнгирэ тыкнэ радыпнэндыр, зрипириндуй лакирэ тыкнэ-чяёрьякирэ бэрша и одолэ бахталэ лынаскирэ дывэса.

## SOURCES

Alice's Adventures in Wonderland: The Evertype definitive edition,
by Lewis Carroll, 2016

Alice's Adventures in Wonderland, illus. June Lornie, 2013

Alice's Adventures in Wonderland, illus. Mathew Staunton, 2015

Alice's Adventures in Wonderland, illus. Harry Furniss, 2016

Alice's Adventures in Wonderland, illus. J. Michael Rolen, 2017

Through the Looking-Glass and What Alice Found There,
by Lewis Carroll, 2009

The Nursery "Alice", by Lewis Carroll, 2015

Alice's Adventures under Ground, by Lewis Carroll, 2009

The Hunting of the Snark, by Lewis Carroll, 2010

## SEQUELS

A New Alice in the Old Wonderland, by Anna Matlack Richards, 2009

New Adventures of Alice, by John Rae, 2010

Alice Through the Needle's Eye, by Gilbert Adair, 2012

Wonderland Revisited and the Games Alice Played There,
by Keith Sheppard, 2009

Alice and the Boy who Slew the Jabberwock,
by Allan William Parkes, 2016

## SPELLING

Alice's Adventures in Wonderland,
Retold in words of one Syllable by Mrs J. C. Gorham, 2010

𐐀𐐷𐐮𐑅'𐑆 𐐄𐐼𐑂𐐯𐑌𐐽𐐲𐑉𐑆 𐐮𐑌 𐐎𐐲𐑌𐐼𐐲𐑉𐑊𐐰𐑌𐐼 (Alis'z Advenchurz in Wundurland), *Alice* printed in the Deseret Alphabet, 2014

𐐜 𐐐𐐲𐑌𐐻𐐮𐑍 𐐲𐑂 𐑄 𐐝𐑌𐐪𐑉𐐿 (Dh Hunting uv dh Snark),
*The Hunting of the Snark* printed in the Deseret Alphabet, 2016

Ldo x Lɋɑɹɥ-Ɵ[ɹɹ ɹʍd Ψuʍ] √[ɹɹ Pøʍd ⅄ɑɥ
(Thru dh Lüking-Glas and Hwut Alis Fawnd Dher),
*Looking-Glass* printed in the Deseret Alphabet, 2016

## Alice's Adventures in Wonderland,
*Alice* printed in Dyslexic-Friendly fonts, 2015

Λⁱⲟ⸕'ꙅ ∧Ɔ / ∃III JꞀ∃ꙅ ɪII ∧ Ɔ⋎ ꙅ_∃ʌⲓꞁ VⲟIIƆ∃Ꞁ_ΛIIƆ, *Alice*
printed in a font that simulates Dyslexia, 2015

⫪Ꝇ-ⵎꝆⵑⴸⵃ ⫪ⴸ⸕ⵑⴸ-⸑ⴸⵑⵑⵃ ⴸ-⸑ ⴸⵃ-⸑ⵏⵑⵒⵃ ⫪ⴸⵑ (Ælɪsɛz
Ædvɛntʃuɹz ɪn Wánduɹlænd), *Alice* printed in the Ewellic Alphabet, 2013

'Ælɪsɪz Əd'ventʃəz ɪn 'Wʌndə,lænd,
*Alice* printed in the International Phonetic Alphabet, 2014

Alis'z Advněrz ɪn Wundland, *Alice* printed in the Ñspel orthography, 2015

ˈ⌐└⫟└⎺ꓶ⌐ ˈꓶꓹˌ⎺⊔⌐ˌˌꓶ⎺⌐ ⫧⊔ ⫧⊐⊔⊐⎺ꓶ└ˈ⊔⊐,
*Alice* printed in the Nyctographic Square Alphabet, 2011

Alice's Adventures in Wonderland,
*Alice* printed in Pitman New Era Shorthand, 2018

Alice's Adventures in Wonderland, *Alice* printed in QR Codes, 2018

·ᴊꞓıꙅˈɾ↋ ꞁ↓Ꞁıˀꞁ⟩ꝋ↋ ꞁꞁ ·ɟꞁ↓˛ꝋⲥꞀꝋ (Alɪsˈəz ədventjuːrz ɪn Wʌndərlænd),
*Alice* printed in the Shaw Alphabet, 2013

ALISIZ ADVENꞒꓱRZ IN WUNDꟼLAND,
*Alice* printed in the Unifon Alphabet, 2014

�ƆꟼXⴷꝖƖⱵⱵⵕꟼⵕ †ꟼꟼƖꟼꝖⴷꟼⵕ Ⱶ⟊ⴷꟼ (Aliz kalandjai Csodaországban),
The Hungarian *Alice* printed in Old Hungarian script, tr. Anikó Szilágyi, 2016

### SCHOLARSHIP

Reflecting on Alice: A Textual Commentary
on *Through the Looking-Glass*, by Selwyn Goodacre, 2016

Elucidating Alice: A Textual Commentary on *Alice's Adventures in
Wonderland*, by Selwyn Goodacre, 2015

Behind the Looking-Glass: Reflections on the Myth
of Lewis Carroll, by Sherry L. Ackerman, 2012

Selections from the Lewis Carroll Collection
of Victoria J. Sewell, compiled by Byron W. Sewell, 2014

## SOCIAL COMMENTARY

Clara in Blunderland, by Caroline Lewis, 2010

Lost in Blunderland: The further adventures of Clara,
by Caroline Lewis, 2010

John Bull's Adventures in the Fiscal Wonderland, by Charles Geake, 2010

The Westminster Alice, by H. H. Munro (Saki), 2017

Alice in Blunderland: An Iridescent Dream,
by John Kendrick Bangs, 2010

## SIMULATIONS

Davy and the Goblin, by Charles Edward Carryl, 2010

The Admiral's Caravan, by Charles Edward Carryl, 2010

Gladys in Grammarland, by Audrey Mayhew Allen, 2010

Alice's Adventures in Pictureland, by Florence Adèle Evans, 2011

Folly in Fairyland, by Carolyn Wells, 2016

Rollo in Emblemland, by J. K. Bangs & C. R. Macauley, 2010

Phyllis in Piskie-land, by J. Henry Harris, 2012

Alice in Beeland, by Lillian Elizabeth Roy, 2012

Eileen's Adventures in Wordland, by Zillah K. Macdonald, 2010

Alice and the Time Machine, by Victor Fet, 2016

Алиса и Машина Времени (Alisa i Mashina Vremeni),
*Alice and the Time Machine* in Russian, tr. Victor Fet, 2016

## SEWELLIANA

Sun-hee's Adventures Under the Land of Morning Calm,
by Victoria J. Sewell & Byron W. Sewell, 2016

선희의 조용한 아침의 나라 모험기 (Seonhuiui Joyonghan Achim-
ui Nala Moheomgi), *Sun-hee* in Korean, tr. Miyeong Kang, 2018

Снаркаловы (Snarkalovy),
*The Hunting of the Snark* in Belarusian, tr. Max Ščur, forthcoming

Crystal's Adventures in A Cockney Wonderland,
*Alice* in Cockney Rhyming Slang, tr. Charlie Lovett, 2015

Aventurs Alys in Pow an Anethow,
*Alice* in Cornish, tr. Nicholas Williams, 2015

Alice's Ventures in Wunderland,
*Alice* in Cornu-English, tr. Alan M. Kent, 2015

Maries Hændelser i Vidunderlandet, *Alice* in Danish, tr. D.G., forthcoming

آلیس در سرزمین عجایب (Âlis dar Sarzamin-e Ajâyeb),
*Alice* in Dari, tr. Rahman Arman, 2015

Äventyrä Alice i Underlandä,
*Alice* in Elfdalian, tr. Inga-Britt Petersson, 2018

La Aventuroj de Alicio en Mirlando,
*Alice* in Esperanto, tr. E. L. Kearney (1910), 2009

La Aventuroj de Alico en Mirlando,
*Alice* in Esperanto, tr. Donald Broadribb, 2012

Trans la Spegulo kaj kion Alico trovis tie,
*Looking-Glass* in Esperanto, tr. Donald Broadribb, 2012

Les Aventures d'Alice au pays des merveilles,
*Alice* in French, tr. Henri Bué, 2015

Les Aventures d'Alice au pays des merveilles,
*Alice* in French, tr. Henri Bué, illus. Mathew Staunton, 2015

ელისის თავგადასავალი საოცრებათა ქვეყანაში
(Elisis t'avgadasavali saoc'rebat'a k'veqanaši),
*Alice* in Georgian, tr. Giorgi Gokieli, 2016

Alice's Abenteuer im Wunderland,
*Alice* in German, tr. Antonie Zimmermann, 2010

Die Lissel ehr Erlebnisse im Wunnerland,
*Alice* in Palantine German, tr. Franz Schlosser, 2013

Der Alice ihre Obmteier im Wunderlaund,
*Alice* in Viennese German, tr. Hans Werner Sokop, 2012

Balþos Gadedeis Aþalhaidais in Sildaleikalanda,
*Alice* in Gothic, tr. David Alexander Carlton, 2015

Nä Hana Kupanaha a ʻĀleka ma ka ʻĀina Kamahaʻo,
*Alice* in Hawaiian, tr. R. Keao NeSmith, 2017

Ma Loko o ke Aniani Kū a me ka Mea i Loaʻa iā ʻĀleka
ma Laila, *Looking-Glass* in Hawaiian, tr. R. Keao NeSmith, 2017

Aliz kalandjai Csodaországban,
*Alice* in Hungarian, tr. Anikó Szilágyi, 2013

Ævintýri Lísu í Undralandi, *Alice* in Icelandic, tr. Þórarinn Eldjárn, 2013

Le Aventuras de Alice in le Pais del Meravilias,
*Alice* in Interlingua, tr. Rodrigo Guerra, 2018

Eachtra Eibhlíse i dTír na nIontas,
*Alice* in Irish, tr. Pádraig Ó Cadhla (1922), 2015

Eachtraí Eilíse i dTír na nIontas, *Alice* in Irish, tr. Nicholas Williams, 2007

Lastall den Scáthán agus a bhFuair Eilís Ann Roimpi,
*Looking-Glass* in Irish, tr. Nicholas Williams, 2009

Le Avventure di Alice nel Paese delle Meraviglie,
*Alice* in Italian, tr. Teodorico Pietrocòla Rossetti, 2010

Alis Advencha ina Wandalan,
*Alice* in Jamaican Creole, tr. Tamirand Nnena De Lisser, 2016

L's Aventuthes d'Alice en Êmèrvil'lie,
*Alice* in Jèrriais, tr. Geraint Williams, 2012

L'Travèrs du Mitheux et chein qu'Alice y démuchit,
*Looking-Glass* in Jèrriais, tr. Geraint Williams, 2012

Алисэ Телъыджэщӏым зэрыщыӏар (Alisė Telʺydzhėshchhym
zėryshyhar), *Alice* in Kabardian, tr. Murat Temyr & Murat Brat, 2019

Алиса Къужур Дунияны Къыдырады (Alisa Qujur Duniyanı
Qıdıradı), *Alice* in Karachay-Balkar, tr. Magomet Gekki, 2019

Элисэнің ғажайып елдегі басынан кешкендері (Älïsäniñ ğajayıp
eldegi basınan keşkenderi), *Alice* in Kazakh, tr. Fatima Moldashova, 2016

Алисаның Хайхастар Чирінзер чорыгы (Alïsanîñ Hayhastar Çirinzer çorığı), *Alice* in Khakas, tr. Maria Çertykova, 2017

Алисакöд Шемöсмуын лоöмторъяс (Alisaköd Semösmuyn loömtor̈ias), *Alice* in Komi-Zyrian, tr. Evgenii Tsypanov & Elena Eltsova, 2018

Алисаның Кызыктар Өлкөсүндөгү укмуштуу окуялары (Alisanın Kızıktar Ölkösündögü ukmuştuu okuyaları), *Alice* in Kyrgyz, tr. Aida Egemberdieva, 2016

Las Aventuras de Alisia en el Paiz de las Maraviyas, *Alice* in Ladino, tr. Avner Perez, 2016

לאס אבﬞ'יבﬞטוראס די אליﬞסייﬞה איך איל פﬞאאיﬞס די לאס מﬞאראבﬞ'ילייﬞאס (Las Aventuras de Alisia en el Paiz de las Maraviyas), *Alice* in Ladino, tr. Avner Perez, 2016

Alisis pīdzeivuojumi Breinumu zemē, *Alice* in Latgalian, tr. Evika Muizniece, 2015

Alicia in Terrā Mīrābilī, *Alice* in Latin, tr. Clive Harcourt Carruthers, 2011

Alicia in Terrā Mīrābilī: Ēditiō Bilinguis Latīna et Anglica, *Alice* in Latin, bilingual edition, tr. Clive Harcourt Carruthers, 2018

Aliciae per Speculum Trānsitus (Quaeque Ibi Invēnit), *Looking-Glass* in Latin, tr. Clive Harcourt Carruthers, Forthcoming

Alisa-ney Aventuras in Divalanda, *Alice* in Lingua de Planeta (Lidepla), tr. Anastasia Lysenko & Dmitry Ivanov, 2014

La aventuras de Alisia en la pais de mervelias, *Alice* in Lingua Franca Nova, tr. Simon Davies, 2012

Alice ehr Eventüürn in't Wunnerland, *Alice* in Low German, tr. Reinhard F. Hahn, 2010

Contoyrtyssyn Ealish ayns Çheer ny Yindyssyn, *Alice* in Manx, tr. Brian Stowell, 2010

Ko Ngā Takahanga i a Ārihi i Te Ao Mīharo, *Alice* in Māori, tr. Tom Roa, 2015

Dee Erläwnisse von Alice em Wundalaund, *Alice* in Mennonite Low German, tr. Jack Thiessen, 2012

Auanturiou adelis en Bro an Marthou, *Alice* in Middle Breton, tr. Herve Le Bihan & Herve Kerrain, Forthcoming

The Aventures of Alys in Wondyr Lond,
*Alice* in Middle English, tr. Brian S. Lee, 2013

L'Avventure d'Alice 'int' 'o Paese d' 'e Maraveglie,
*Alice* in Neapolitan, tr. Roberto D'Ajello, 2016

Attravierzo 'o specchio e cchello c'Alice ce truvaie,
*Looking-Glass* in Neapolitan, tr. Roberto D'Ajello, 2019

L'Aventuros de Alis in Marvoland, *Alice* in Neo, tr. Ralph Midgley, 2013

Elises Eventyr i Undernes Land: den første norske *Alice:*
Elise's Adventures in the Land of Wonders: the first Norwegian *Alice,*
*Alice* in Norwegian, ed. & tr. Anne Kristin Lande, 2019

Alice sine opplevingar i Eventyrlandet,
*Alice* in Nynorsk, tr. Sigrun Anny Røssbø, 2019

Æðelgyðe Ellendæda on Wundorlande,
*Alice* in Old English, tr. Peter S. Baker, 2015

La geste d'Aalis el Païs de Merveilles,
*Alice* in Old French, tr. May Plouzeau, 2017

Alitjilu Palyantja Tjuta Ngura Tjukurmankuntjala (Alitji's Adventures
in Dreamland), *Alice* in Pitjantjatjara, tr. Nancy Sheppard, 2018

Alitji's Adventures in Dreamland: An Aboriginal tale inspired by
*Alice's Adventures in Wonderland*, adapted by Nancy Sheppard, 2018

Alice Contada aos Mais Pequenos,
*The Nursery "Alice"* in Portuguese, tr., Rogério Miguel Puga, 2015

Сыр Алиса Попэя кэ Чюдэнгири Пхув (Sir Alisa Popeja ke Čudengiri
Phuv), *Alice* in North Russian Romani, tr. Viktor Shapoval, 2018

Приключения Алисы в Стране Чудес (Prikliucheniia Alisy v Strane
Chudes), *Alice* in Russian, tr. Yury Nesterenko, 2018

Приключения Алисы в Стране Чудес (Prikliucheniia Alisy v Strane
Chudes), *Alice* in Russian, tr. Nina Demurova, forthcoming

Соня въ царствѣ дива (Sonia v tsarstvie diva): Sonja in a Kingdom of
Wonder, *Alice* in facsimile of the 1879 first Russian translation, 2013

Соня в царстве дива (Sonia v tsarstve diva),
An edition of the first Russian *Alice* in modern orthography, 2017

Охота на Снарка (Okhota na Snarka),
*The Hunting of the Snark* in Russian, tr. Victor Fet, 2016

Ia Aventures as Alice in Daumsenland,
*Alice* in Sambahsa, tr. Olivier Simon, 2013

Ocolo id Specule ed Quo Alice Trohv Ter,
*Looking-Glass* in Sambahsa, tr. Olivier Simon, 2016

'O Tāfaoga a 'Ālise i le Nu'u o Mea Ofoofogia,
*Alice* in Samoan, tr. Luafata Simanu-Klutz, 2013

Eachdraidh Ealasaid ann an Tir nan Iongantas,
*Alice* in Scottish Gaelic, tr. Moray Watson, 2012

Alice's Adventchers in Wunderland,
*Alice* in Scouse, tr. Marvin R. Sumner, 2015

Mbalango wa Alice eTikweni ra Swihlamariso,
*Alice* in Shangani, tr. Peniah Mabaso & Steyn Khesani Madlome, 2015

Ahlice's Aveenturs in Wunderlaant,
*Alice* in Border Scots, tr. Cameron Halfpenny, 2015

Alice's Mishanters in e Land o Farlies,
*Alice* in Caithness Scots, tr. Catherine Byrne, 2014

Alice's Adventirs in Wunnerlaun,
*Alice* in Glaswegian Scots, tr. Thomas Clark, 2014

Ailice's Anters in Ferlielann,
*Alice* in North-East Scots (Doric), tr. Derrick McClure, 2012

Alice's Adventirs in Wonderlaand,
*Alice* in Shetland Scots, tr. Laureen Johnson, 2012

Ailice's Àventurs in Wunnerland,
*Alice* in Southeast Central Scots, tr. Sandy Fleemin, 2011

Ailis's Anterins i the Laun o Ferlies,
*Alice* in Synthetic Scots, tr. Andrew McCallum, 2013

Alice's Carrànts in Wunnerlan,
*Alice* in Ulster Scots, tr. Anne Morrison-Smyth, 2013

Alison's Jants in Ferlieland,
*Alice* in West-Central Scots, tr. James Andrew Begg, 2014

Alice muNyika yeMashiripiti,
*Alice* in Shona, tr. Shumirai Nyota & Tsitsi Nyoni, 2015

Алисаның қайгаллыг Черинде полган чоруктары (Alisanıñ qaygallıg
Çerinde polǧan çoruqtarı), *Alice* in Shor, tr. Liubov' Arbaçakova, 2017

Alis bu Cëlmo dac Cojube w dat Tantelat,
*Alice* in Şurayt, tr. Jan Beṭ-Ṣawoce, 2015

Alisi Ndani ya Nchi ya Ajabu, *Alice* in Swahili, tr. Ida Hadjuvayanis, 2015

Alices Äventyr i Sagolandet, *Alice* in Swedish, tr. Emily Nonnen, 2010

'Alisi 'i he Fonua 'o e Fakaofo',
*Alice* in Tongan, tr. Siutāula Cocker & Telesia Kalavite, 2014

De Aventure Alisu in Mirviziländ,
*Alice* in Uropi, tr. Bertrand Carette & Joël Landais, 2018

Ventürs jiela Lälid in Stunalän, *Alice* in Volapük,
tr. Ralph Midgley, forthcoming

Lès-avirètes da Alice ô payis dès mèrvèyes,
*Alice* in Walloon, tr. Jean-Luc Fauconnier, 2012

Lès paskéyes d'Alice è payis dès mèrvèyes,
*Alice* in Central Walloon, tr. Bernard Louis, 2017

Anturiaethau Alys yng Ngwlad Hud, *Alice* in Welsh, tr. Selyf Roberts, 2010

I Avventur de Alis ind el Paes dı Meravılı,
*Alice* in Western Lombard, tr. GianPietro Gallinelli, 2015

U-Alisi Kwilizwe Lemimangaliso,
*Alice* in Xhosa, tr. Mhlobo Jadezweni, forthcoming

Di Avantures fun Alis in Vunderland,
*Alice* in Yiddish, tr. Joan Braman, 2015

Alises Avantures in Vunderland, *Alice* in Yiddish, tr. Adina Bar-El, 2018

אַליסעס אַװאַנטורעס אין װוּנדערלאַנד (Alises Avantures in Vunderland),
*Alice* in Yiddish, tr. Adina Bar-El, 2018

Insumansumane Zika-Alice,
*Alice* in Zimbabwean Ndebele, tr. Dion Nkomo, 2015

U-Alice Ezweni Lezimanga, *Alice* in Zulu, tr. Bhekinkosi Ntuli, 2014